LA CHRONIQUE DE COOPER'S CORNER

Le retour de notre championne

Qui pourrait oublier la joie et la fierté de Cooper's Corner lorsque Wendy Monroe, l'enfant du pays, s'est envolée pour participer aux Jeux Olympiques en Norvège, il y a neuf ans ? Le jour de son départ, la ville en liesse était venue lui souhaiter bonne chance ! Connaissant ses prouesses sur les pistes, nous avions bon espoir de la voir nous rapporter une médaille d'or !

Aux dires de son père, Howard Monroe, Wendy a pratiquement grandi sur des skis et petite fille, elle dévalait déjà les pentes des montagnes environnantes à la vitesse de l'éclair.

Ce sport était sa passion, sa raison de vivre, et nous avons été anéantis d'apprendre terrible accident dont no... championne a été victi... quelques jours avant l'ouvert... des Jeux.

Gravement blessée, Wendy avait choisi la France pour suivre une longue et pénible rééducation. Aussi la nouvelle de son retour nous a-t-elle tous réjouis.

Sa mère, Gina, nous a bien précisé que sa fille revenait pour un court séjour, une simple visite. Mais ses amis et sa famille aimeraient la décider à rester.

A première vue, Cooper's Corner ne peut prétendre concurrencer la France sur le terrain de l'amour mais le cœur de Wendy bat peut-être encore pour quelqu'un de notre petite ville ! Reste à l'en convaincre…

Un rêve inespéré

SANDRA MARTON

Un rêve inespéré

COLLECTION HORIZON

Cet ouvrage a été publié en langue anglaise
sous le titre :
DANCING IN THE DARK

Traduction fran⸱⸱⸱e de
CHRISTINE BOYER

HARLEQUIN®

est une marque déposée du Groupe Harlequin
et Horizon® est une marque déposée d'Harlequin S.A.

Toute représentation ou reproduction, par quelque procédé que ce soit, constituerait
une contrefaçon sanctionnée par les articles 425 et suivants du Code pénal.
© 2002, Harlequin Books S.A. © 2003, Traduction française : Harlequin S.A.
83-85, boulevard Vincent-Auriol, 75013 PARIS — Tél. : 01 42 16 63 63
Service Lectrices — Tél. : 01 45 82 47 47
ISBN 2-280-14339-9 — ISSN 0993-4456

1.

Il faisait très froid ce jour-là, en Norvège. Le soleil brillait dans un ciel limpide, un petit vent frais s'était levé.

En haut de la piste balisée, Wendy Monroe attendait le signal de départ, arc-boutée sur ses bâtons de ski. Le cœur battant, elle se sentait plus vivante que jamais.

— Vide ton esprit et concentre-toi sur ta descente, lui conseilla son entraîneur.

Une sonnette retentit et la jeune femme bondit en avant. Elle passa une porte, une seconde, une troisième…

« Trop vite, tu vas beaucoup trop vite , se dit-elle en dérapant dans un virage. Ressaisis-toi ! »

Les dents serrées, elle tenta de se rétablir mais, emportée par son élan, elle ne put freiner sa course et s'envola dans les airs. Elle entendit quelqu'un hurler dans la foule.

En un éclair, elle vit foncer sur elle des sapins, une muraille de rochers. Puis ce fut le trou noir…

— Mesdames, messieurs, nous venons d'atterrir à l'aéroport international John F. Kennedy. Merci de garder vos ceintures attachées jusqu'à l'arrêt complet de l'appareil.

Wendy se réveilla en sursaut. Pourquoi ce cauchemar revenait-il la hanter, après tout ce temps ? L'accident remontait à plus de neuf ans ! Etait-ce parce qu'elle retournait à Cooper's Corner pour la première fois depuis le drame ?

« Tu peux encore faire marche arrière », lui souffla une petite voix. Il lui suffisait de prendre le prochain vol pour Paris où elle avait passé les sept dernières années. Bien sûr, elle avait rendu son petit studio dans le Marais mais elle avait des amis dans la capitale française. Gabrielle et Celeste seraient certainement ravies de l'héberger jusqu'à…

Jusqu'à quoi ?

Il n'était plus question pour elle d'enseigner l'anglais à de jeunes Parisiens !

Pourtant ce travail lui avait beaucoup plu et lui avait également permis de poursuivre la rééducation de sa jambe auprès des meilleurs spécialistes de Paris. Mais rester enfermée dans une salle de classe à longueur de journées finissait par la rendre neurasthénique. Elle était née pour dévaler les pentes enneigées, le vent dans ses cheveux. Et si pour recommencer à skier, à participer à des compétitions et pour se sentir vivre nouveau, elle devait retourner dans son village natal, elle y était prête. Mais elle ne s'y attarderait pas plus longtemps que nécessaire.

Quand le 747 s'immobilisa, Wendy empoigna son gros sac et suivit le flot des voyageurs vers la sortie de l'avion.

A présent, il était trop tard pour reculer. Quelle excuse aurait-elle invoquée auprès de ses parents ? Ils l'attendaient avec impatience et n'auraient pas compris qu'elle change ainsi son fusil d'épaule. Seul son père connaissait la véritable raison de son retour et Wendy lui avait bien recommandé de n'en souffler mot à sa mère. Elle préférait lui annoncer la vérité elle-même. Gina le prendrait mieux ainsi. En tout cas, Wendy l'espérait.

Et puis Alison était probablement déjà en route pour Albany. Wendy avait refusé que ses parents viennent la chercher à l'aéroport. Elle n'avait pas revu Alison, son amie de toujours, depuis neuf ans, depuis l'accident, et elle se réjouissait de leurs retrouvailles. Et surtout, cela lui donnerait le temps de se composer un visage serein avant d'affronter le regard attentif de sa mère.

Parvenue devant le bureau des douanes, Wendy tendit son passeport à l'employé.

— Rien à déclarer ? s'enquit-il.

— Rien.

En tout cas, rien d'intéressant pour lui, pensa-t-elle in petto. Pouvait-elle décemment lui dire : « J'ai l'estomac noué à l'idée de convaincre un chirurgien de tenter sur moi une opération que mes médecins qualifient de dangereuse » ?

« Ne commence pas à douter, s'ordonna-t-elle. Il s'agit de ta vie et c'est la meilleure — la seule — solution. Il n'y a pas à hésiter. »

Avec effort, elle s'obligea à songer à Allie. Quel bonheur de la revoir ! Elles n'avaient eu que des contacts télépl oniques depuis la nuit précédant son départ pour les jeux Olympiques, pour la Norvège...

Cette nuit même où Seth lui avait fait l'amour pour la toute dernière fois...

Cette pensée fut si soudaine, si inattendue, que Wendy en eut le souffle coupé. Le douanier la dévisagea d'un air interrogateur :

— Tout va bien, mademoiselle ?

— Oui, oui, merci, assura-t-elle avec un pâle sourire.

Récupérant son passeport, elle chercha des yeux sa correspondance. Les gens la dépassaient d'un air pressé. Elle aussi avait hâte d'arriver à destination. Plus tôt elle serait à Cooper's Corner, plus tôt elle pourrait se tourner vers l'avenir.

Le hall d'embarquement était bondé et elle s'adossa contre un pilier. Sa jambe la faisait horriblement souffrir. Son kinésithérapeute l'avait prévenue que ce voyage en avion provoquerait ce genre de douleurs. Ses os ressoudés par des vis et des plaques de métal gênaient ses muscles ankylosés.

Avant l'accident, elle avait déjà l'habitude des crampes. Combien de fois, après des heures sur ses skis, avait-elle eu l'impression d'avoir été battue à coup de barres de fer ? A ses traits tirés, Seth devinait toujours ses souffrances.

Il allongeait alors avec douceur son corps endolori sur ses genoux — manœuvre délicate vu l'étroitesse de l'habitacle de sa vieille camionnette ! — et il la massait jusqu'à ce qu'elle ne ressente plus qu'un immense bien-être.

— Mademoiselle ?

Un homme d'une cinquantaine d'années s'était levé de son siège.

— Voulez-vous vous asseoir ? proposa-t-il. J'ai remarqué que vous étiez très chargée.

— Non, merci. Mon sac n'est pas très lourd, répondit-elle, s'efforçant de rester polie.

La prenait-il pour une idiote ? Il avait remarqué qu'elle boitait, oui ! Elle essayait pourtant de le dissimuler. Elle ne supportait plus la sollicitude des gens. Leur pitié lui donnait envie de hurler. Elle aurait voulu leur crier qu'elle avait été — et serait encore — une jeune femme à la démarche gracieuse, un oiseau sur les pistes, une championne...

Une hôtesse de l'air s'approcha pour inviter les passagers à entrer dans l'avion.

Pas trop tôt ! pensa Wendy qui s'interdit de ralentir le pas avant d'être parvenue à son fauteuil.

Un froid glacial sévissait à Albany, aggravé par un vent polaire. Tout en se frayant un chemin vers la sortie de l'aéroport, Wendy contempla les amoncellements de neige à travers les baies vitrées. Elle ne put s'empêcher de repenser au sommet de Jiminy. Cette montagne n'était pas la plus haute des environs et, comparée aux cimes du Colorado ou de l'Utah, elle faisait presque figure de colline. Mais c'était là-haut qu'elle avait chaussé des skis pour la première fois et découvert sa passion pour la vitesse. Et, au fond de son cœur, elle gardait …

Elle gardait quoi ? Tout cela appartenait au passé, un passé mille fois révolu. « Ne te crois pas obligée de tomber dans un sentimentalisme déplacé sous prétexte que tu reviens pour quelques jours à Cooper's Corner ! » se réprimanda-t-elle.

Comme elle sortait du terminal, une bourrasque glacée lui mordit le visage. En frissonnant, elle remonta la fermeture de son anorak jusqu'au cou. Elle repoussa ses longs cheveux auburn en arrière et scruta la foule pour repérer Alison.

— Je te retrouverai à l'extérieur de l'aérogare, devant les portes, lui avait précisé son amie lorsqu'elles s'étaient parlé au téléphone l'avant-veille. J'ai hâte de te revoir ! J'attends ton retour depuis si longtemps !

— Il ne s'agira pour moi que d'un bref séjour, tu sais.

Elle était en visite, en simple visite. Elle était revenue dans un but précis et si, elle l'atteignait, elle pourrait recommencer à vivre. Mais elle le ferait dans un lieu vierge de tout souvenir. Pas en France où elle avait connu trop d'heures sombres, ni à Cooper's Corner où chaque rue lui remémorait son passé. Elle dénicherait un endroit où aucune ombre, aucun fantôme, ne viendrait lui rappeler la vie qu'elle avait projetée avec Seth…

Il neigeait de plus en plus fort et des flocons virevoltaient dans le vent comme des plumes s'échappant d'un oreiller. Soudain, Wendy vit accourir vers elle une jeune femme enveloppée dans un épais manteau de laine.

— Wendy ! Enfin, tu es là ! Comme je suis contente !

Riant et pleurant à la fois, les deux amies s'embrassèrent avec chaleur et restèrent un long moment enlacées. Lorsqu'elles s'écartèrent l'une de l'autre, Wendy s'exclama :

— Tu as coupé tes cheveux !

Avec un petit rire, Alison lui fit admirer sa nouvelle coiffure.

— Qu'en penses-tu ? J'ai voulu m'arranger un peu mais je ne suis pas sûre d'avoir réussi…

— Cela te va très bien ! Tu es ravissante !

— Le mot est sans doute trop fort… comme mon nez. Et toi ? Montre-toi un peu !

A son tour, elle détailla Wendy de la tête aux pieds.

— Tu as l'air en pleine forme !

Le sourire de Wendy se crispa.

— Oui, c'est vrai.

— Et tu n'as pas pris un gramme ! Tu es toujours aussi mince ! Quelle chance tu as ! Mais viens, ne restons pas dans ce froid. Donne-moi ton sac. Ma voiture est garée assez loin. Tu veux m'attendre pendant que je vais la chercher ?

— Je peux marcher.

— Bien sûr, mais…

— Ecoute, Allie. Mettons tout de suite les choses au point, d'accord ? Je ne suis pas une handicapée. J'ai passé des années à faire de la rééducation et je continue, d'ailleurs. A présent, je suis parfaitement capable de marcher, de porter mes affaires, je peux tout faire… sauf skier.

Sa voix se brisa sur ce dernier mot. Horrifiée, elle toussa pour dissimuler son trouble. « Ce n'est pas le moment de t'effondrer ! » se reprocha-t-elle.

Devant l'air perplexe d'Alison, elle essaya de sourire.

— Courons jusqu'à ta voiture ou ton brushing va être anéanti !

Essoufflées, elles s'engouffrèrent bientôt dans la vieille berline d'Allie.

— Nous voici au sec ! s'écria cette dernière. Que dirais-tu maintenant d'une halte au Burger Barn ?

— Il existe encore ?

Alison leva les yeux au ciel.

12

— Bien sûr ! Mais peut-être qu'après des années à t'être régalée de la grande cuisine française, la perspective d'engloutir des steaks bien saignants, garnis de frites croustillantes, ne te dit rien…

— Si tu crois que mon salaire de professeur me permettait de fréquenter les restaurants quatre étoiles, tu rêves ! Mon régime alimentaire là-bas se composait pour l'essentiel de fromage et de charcuterie ! Alors l'idée de dîner au Burger Barn me met l'eau à la bouche ! Raconte ! Servent-ils toujours des glaces à la Chantilly ?

— Rien n'a changé, parole de scout !

— Génial !

Mais au fond de son cœur, Wendy savait que rien ne serait plus jamais comme avant.

Allie prit le chemin du retour.

La route était belle. Elle serpentait dans les montagnes Taconic avant de traverser le Berkshire. Le paysage, au moins, était toujours le même, pensa Wendy. Des maisons de caractère, des champs, des arbres recouverts d'un manteau de neige et partout, cette impression que le temps s'était arrêté.

— Cette campagne est immuable, remarqua-t-elle à voix haute. Les saisons, les années passent mais je la retrouve identique…

— C'est vrai, répondit Allie. Pourtant…

— Ne me raconte pas que quelque chose d'extraordinaire s'est produit à Cooper's Corner ! Je ne peux pas le croire !

— D'extraordinaire, peut-être pas, mais de nouveau, oui.

— Laisse-moi deviner ! Philo et Phyllis ont renoncé à leurs commérages ?

Alison se mit à rire.

— J'ai dit « nouveau », pas « impossible » !

— Alors je donne ma langue au chat . Quoi de neuf à Cooper's Corner ?

— Eh bien pour commencer, Bonnie — tu te souviens d'elle ? — sort avec un New-Yorkais. Tous deux ont été témoin d'un braquage.

— Tu plaisantes !

— Croix de bois, croix de fer, si je mens, je vais en enfer ! Et un touriste a été enlevé, l'été dernier. C'était un client du bed and breakfast et…

— Quel bed and breakfast ?

— Tu te rappelles les Chênes Jumeaux, la maison de Warren Cooper ?

— Bien sûr ! Elle est au bout du village, sur une petite colline.

Après un bref coup d'œil dans son rétroviseur, Alison rétrograda pour tourner à droite. Les flocons de neige dansaient à la lueur des phares.

— Quand le vieux Warren est mort, son neveu et sa nièce en ont hérité. Ils ont longtemps vécu à New York mais ils sont originaires de Cooper's Corner. Personne ne sait d'ailleurs très bien pourquoi ils ont soudain décidé de revenir s'installer ici mais, quoi qu'il en soit, ils ont transformé cette demeure en bed and breakfast.

— Je suis surprise que mes parents ne m'en aient pas parlé. Mais si ma mémoire est bonne, la bâtisse était très vieille et en mauvais état, non ?

— Clint et Maureen l'ont entièrement rénovée, repeinte, meublée avec goût… Maintenant, l'endroit est superbe, tu verras. Bonnie s'est chargée de la plomberie. Elle a refait la cuisine, installé des salles de bains…

Wendy avait de plus en plus de mal à suivre la conversation. A présent, elles n'étaient plus qu'à quelques kilomètres de Cooper's Corner et, le cœur serré, elle reconnaissait les paysages où elle avait grandi. Rien n'avait changé et lorsqu'elles arriveraient au village, il y aurait toujours le monument aux morts, la rue principale, les vitrines des commerçants encore illuminées de décorations de Noël…

Comme elles traversaient une ville voisine de Cooper's Corner, Wendy profita d'un arrêt à un feu rouge pour observer les passants. Un groupe discutait avec animation sur le trottoir. A cette distance et avec ces flocons de neige, il était difficile de distinguer les visages. Les gens étaient emmitouflés dans d'épais manteaux, des bonnets, des écharpes pour se protéger du froid. D'ailleurs, elle ne cherchait à identifier personne en particulier, elle ne pensait même pas à…

— …Seth, poursuivit Alison.

— Pardon ? Que me racontais-tu, à son sujet ?

Elle crut avoir parlé avec détachement mais, au regard étonné d'Alison, elle comprit que sa voix avait trahi son émotion.

— Excuse-moi, Wendy. Je voulais te mettre au courant des dernières nouvelles de Cooper's Corner et je n'ai pas réfléchi à mes paroles… Oublie que je viens de faire allusion à lui, d'accord ?

— Ne sois pas idiote ! Quelle importance ? Qu'allais-tu dire ?

— Seulement que Seth s'est occupé de refaire la charpente et la menuiserie du bed and breakfast.

— Seth est devenu menuisier ?

— Et il excelle même dans ce domaine ! Il fabrique également des meubles de toute beauté.

Elle hésita avant d'ajouter :

— Wendy, es-tu certaine d'avoir envie d'entendre parler de lui ?

— Pourquoi cela m'ennuierait-il ? Le passé est le passé. Je suis un peu surprise, c'est tout. Lorsque lui et moi… lorsque j'ai quitté la ville, il suivait une formation commerciale à l'université du Massachusetts.

— Oui, je m'en souviens. Il y a renoncé au moment de… ton accident. Après avoir travaillé chez un artisan à Stockbridge, il s'est mis à son compte à Cooper's Corner. Il ignore toujours ton retour ?

— Oui, à moins que tu ne le lui aies appris… Tu ne l'as pas fait, Allie ?

— Bien sûr que non ! Je sais garder un secret, assura son amie avec raideur. Et tu m'avais bien recommandé de ne pas lui en souffler un mot.

Wendy sentit qu'elle l'avait blessée. Avec douceur, elle lui prit la main.

— Pardonne-moi, Allie, dit-elle à voix basse. C'est plus difficile que je ne l'avais imaginé… Revenir à la maison après toutes ces années me remue… Et peut-être suis-je un peu fatiguée aussi.

L'émotion lui serrait la gorge.

Secouant la tête, Allie lui sourit avec gentillesse.

— Je suis désolée, je ne voulais pas aborder si vite le sujet. Mais je ne comprends pas pourquoi tu ne veux pas le revoir. Seth et toi étiez…

— Il n'y a plus de « Seth et moi » depuis des lustres !

— Quand tu t'es envolée pour la Norvège, vous étiez fous amoureux l'un de l'autre. Puis nous avons deviné que c'était fini entre vous. Seth ne nous a pas expliqué pourquoi, il ne parle jamais de toi. Et comme à présent tu rentres au pays, nous nous demandions si…

— Vous n'avez donc rien de mieux à faire qu'à colporter des ragots ? jeta Wendy d'une voix glaciale.

Arrivée sur le parking du Burger Barn, Alison se gara, éteignit le moteur et se tourna vers Wendy.

— Il ne s'agit pas de ragots. Nous t'aimons tous beaucoup. La ville entière était venue te souhaiter bonne chance, tu te rappelles ? La rue principale était pavoisée en ton honneur, les boutiques avaient peint ton nom en gros caractères sur leurs vitrines, des banderoles tapissaient les carrefours : « Rapporte-nous une médaille d'or, Wendy ! » Quand nous avons appris ta chute…

— Allie, interrompit Wendy. Les jeux Olympiques, l'accident, Seth… Tout ça, c'est de l'histoire ancienne pour moi et j'ai une autre vie, à présent.

— Lui aussi…

Ces deux mots tombèrent comme un pavé dans la mare et Alison se mordit les lèvres d'un air gêné.

Après un instant de stupeur, Wendy tenta de prendre un ton badin.

— Oh, je vois ! Il s'est marié, c'est ça ?

Curieux qu'elle n'ait jamais pensé à poser la question.

— Non, mais il sort avec quelqu'un. Elle s'appelle…

— Je n'ai pas besoin de connaître son nom. Les aventures de Seth ne me concernent pas.

— C'est plus qu'une aventure. Ils vivent ensemble depuis quelques mois… Quelle idiote, je suis ! J'ai l'impression de t'envoyer les nouvelles en pleine figure avec mes gros sabots ! Pardonne-moi.

Wendy se contraignit à sourire.

— C'est moi qui te les ai demandées ! On gèle dans cette voiture, ajouta-t-elle. Tu m'as bien promis un hamburger de chez Barn ? On y va ?

— Bien sûr, répondit Alison sans bouger. Tu es revenue à Cooper's Corner pour de bon, j'espère ?

Wendy secoua la tête.

— Non, répondit-elle doucement.

Après un moment d'hésitation, elle poursuivit :

— Le nom de Rod Pommier te dit-il quelque chose ? C'est un chirurgien de New York.

— Quelle est sa spécialité ? s'enquit Allie avec un rire bref. Si c'est la chirurgie esthétique, mon nez et moi pourrions lui rendre une petite visite.

Wendy devinait que son amie s'efforçait d'alléger l'atmosphère mais comment l'aurait-elle pu ? Discuter de Seth et maintenant de Pommier rendait toute légèreté impossible… Mais évoquer le sujet avec Allie serait une répétition de la conversation qu'elle aurait fatalement avec sa mère.

— Il y a quelques mois, tous les journaux parlaient de lui, sa photo était en couverture des magazines… Rod Pommier, le brillant chirurgien orthopédiste et sa technique révolutionnaire qui permet aux cartilages des os brisés de se reconstituer de façon naturelle. Moi, à l'époque de mon opération, j'ai eu droit aux antiques vis et plaques…

— Mais justement, je ne comprends pas. En quoi cela te concerne-t-il ? Tes fractures ont déjà été réduites, non ?

— Avec le procédé de Pommier, mes os seront comme neufs. Le seul problème, c'est qu'il ne veut plus prendre de nouveaux patients. Il est débordé de travail et ses interventions peuvent se révéler dangereuses.

— Comment cela ?

— Je n'en sais rien. En tout cas, j'ai tenté en vain de contacter Pommier. Ni l'hôpital où il exerce, ni sa secrétaire n'ont accepté de me le passer. J'ai fini par lui écrire pour lui expliquer l'accident, la situation… Malheureusement il a refusé de me recevoir… Mais si j'arrive à lui parler, face à face, je crois que je réussirai à le faire changer d'avis.

— Es-tu sûre que la technique qu'il a mise au point convient à ton cas ? Ton accident remonte à des années. L'opération que tu as subie…

— L'opération que j'ai subie était un désastre, répliqua Wendy avec un soupir découragé. Le chirurgien a fait de son mieux mais les vis et les plaques ne peuvent pas remplacer les bouts d'os manquants. Le procédé de Pommier, oui. Voilà pourquoi je tiens à le rencontrer. Or, il est actuellement en vacances à Cooper's Corner. Ces derniers temps, il a été littéralement harcelé par les médias, par des patients désespérés…

Alison la dévisagea et Wendy rougit.

— Des gens comme moi, c'est vrai… Bref, il fuit la foule, la publicité, le tapage qu'on a fait autour de lui. Il est venu skier dans le Berkshire pour se reposer. Il a demandé à un de ses amis orthopédiste de Pittsfield des renseignements sur Cooper's Corner, une adresse où se loger… Et je suis prête à parier qu'il s'est installé dans ce bed and breakfast dont tu m'as parlé.

— Si ce Pommier est si célèbre, n'aurait-il pas eu plutôt intérêt à séjourner à Lenox ? Ou à Stockbridge ? J'adore Cooper's Corner mais ce n'est pas exactement le genre d'endroit où se retrouve le Who's who…

— Et c'est la raison pour laquelle il a choisi cette ville. Il ne veut pas de reporters, de micros, de caméras… Il a envie d'être tranquille. Et papa connaît l'ami orthopédiste de Pommier. Ils font partie du même club de ski.

— Je vois. Tu es donc rentrée au pays dans l'espoir de rencontrer ce chirurgien et de le convaincre de t'opérer.

— Exactement.

— Tes parents sont-ils au courant ? L'autre jour, quand j'ai croisé ta mère dans la rue, elle se réjouissait de ton retour mais elle n'a fait aucune allusion à cette opération.

— Mon père le sait mais pas elle. Ne me regarde pas ainsi ! Je culpabilise assez comme ça !

Elle poussa un soupir avant de poursuivre.

— Je peux lire en toi comme dans un livre ouvert, Allie. Tu penses que c'est une mauvaise idée, n'est-ce pas ?

— Evidemment ! Tu m'as dit toi-même que l'intervention était risquée. Pourquoi te mettre en danger ?

— Parce que j'ai envie d'une vie digne de ce nom, voilà pourquoi !

— Tu es vivante alors que tu aurais dû mourir dans cet accident. N'est-ce pas suffisant ?

— Non, certainement pas ! Je veux redevenir ce que j'étais. Est-ce si difficile pour toi de le comprendre ?

— Peut-être… En tout cas, tu n'es donc pas revenue pour retrouver tes parents… ou Seth.

— Encore Seth ! Qu'a-t-il à voir dans cette histoire ? J'avais dix-huit ans, lui dix-neuf à l'époque. Tout cela n'était que des enfantillages.

— Je n'avais pas cette impression. Vous étiez toujours ensemble, vous faisiez des projets… J'étais là lorsque nous avons appris ton accident, cette chute stupide…

— Je préfère ne pas en parler…

— Seth était comme fou. Il a sauté dans le premier avion pour la Norvège.

— Arrête ! Cela remonte à un siècle !

— A neuf ans. Et je n'oublierai jamais son visage décomposé. Le monde s'écroulait pour lui.

— Non, c'était le mien ! cria Wendy. Et j'ai fait tout ce que j'ai pu pour survivre, pour m'en sortir !

Le souffle court, les deux amies se dévisageaient. Puis Wendy ouvrit la portière. Une bouffée d'air froid s'engouffra dans la voiture.

— Je vais rentrer chez mes parents à pied.

— Ne sois pas stupide !

Avec un soupir, Alison reprit la parole :

— Ne pourrions-nous pas poursuivre cette conversation à l'intérieur ?

A quoi bon ? songea Wendy. Elle n'avait pas envie de ressasser le passé, de reparler de Seth. Elle avait eu tort d'ouvrir son cœur… Mieux valait se comporter à Cooper's Corner comme elle en avait eu initialement l'intention : adopter un profil bas, éviter de rencontrer les uns et les autres pour ne pas être confrontée à ce genre de scènes ou à la pitié des gens. Personne ne parvenait-il donc à comprendre qu'il ne lui suffisait pas d'avoir survécu ?

Comme elle restait silencieuse, Allie reprit après un instant :

— Wendy ? Nous partageons ce hamburger, oui ou non ?

— Peut-être pas, répondit-elle doucement. Mes parents m'attendent…

Alison hocha la tête et redémarra mais, avant de rejoindre la route, elle s'arrêta pour la regarder en face.

— Je suis ta meilleure amie ! Si je ne peux pas te dire la vérité, qui le peut ?

— Tu ne sais pas ce que j'endure, répliqua Wendy d'une voix tremblante. Parfois, je regrette de n'être pas morte ce jour-là plutôt que de m'être réveillée dans un lit d'hôpital pour découvrir que… que…

— Que quoi ? Que tu étais en vie ? Que tu avais encore des jambes ? Te rends-tu compte de la chance que tu as eue ?

— Je cherche à m'en sortir, à progresser, Allie !

— En prétendant que Seth n'existe pas ? En tentant de forcer la main d'un chirurgien pour une intervention qui risque de te faire plus de mal que de bien ?

— Seth a rencontré quelqu'un d'autre, tu me l'as dit toi-même. Et ce médecin voudra tenter l'opération une fois que j'en aurai discuté avec lui. Tu as raison, Alison : je suis vivante et je marche alors que le corps médical m'avait condamnée à rester clouée sur un fauteuil roulant jusqu'à la fin de mes jours. Mais je ne suis plus capable de skier et je ne le supporte pas. Tant pis si cela paraît égoïste.

Allie dévisagea Wendy et lui sourit à travers ses larmes.

— C'est vrai, je ne te comprends pas. Mais c'est sans importance. Je suis ton amie et je serai à tes côtés, de toute manière. D'accord ?

Emue, Wendy fut tentée de se laisser aller à pleurer sur l'épaule d'Alison, de déverser sur elle son chagrin, son désespoir. Mais la vérité était plus complexe qu'Allie ne l'imaginait. Devait-elle lui confier son horrible secret ?

Cela ne changerait rien.

Personne ne soupçonnait l'ampleur de la tragédie qui l'avait frappée neuf ans plus tôt. La vue de son corps zébré de cicatrices lui rappelait quotidiennement ce qu'elle avait perdu. Mais si un jour elle pouvait de nouveau skier, alors peut-être cesserait-elle d'être l'ombre d'elle-même et son agonie deviendrait-elle supportable. Elle s'accrochait à cet espoir comme à une bouée.

— Wendy ? murmura Allie avec douceur.

— Je t'ai entendue. Tu es une merveilleuse amie.

Les larmes aux yeux, Allie l'embrassa avec tendresse.

— C'est formidable que tu sois revenue, dit-elle, même si ce n'est que pour un moment.

— Moi aussi, je suis contente de t'avoir retrouvée.

Apaisées, elles reprirent la route. En arrivant à Cooper's Corner, Wendy reconnut avec émotion le village où elle avait grandi, les rues familières, l'atmosphère paisible qui avait baigné son enfance.

Tant de souvenirs affluaient à sa mémoire qu'elle ne parvenait plus à parler. Enfin, Alison s'arrêta devant une belle maison parsemée de jardinières. Wendy savait qu'au printemps, elles seraient fleuries de rose et de jaune.

Au moment où elle se garait, la porte s'ouvrit et les parents de Wendy apparurent. En riant, Gina dévala les marches du perron pour courir à sa rencontre, suivie de près par Howard.

Lovée dans leurs bras, couverte de baisers sonores, Wendy ne put s'empêcher de penser que rentrer chez soi était un pur bonheur.

2.

« Ce n'est pas le bon jour pour jouer les pères Noël et s'aventurer sur un toit glissant », pensa Seth Castleman.

Toute la nuit, la neige n'avait cessé de tomber et avec le froid vif qui sévissait sur la ville, l'épais manteau blanc s'était transformé en glace.

— Cela m'ennuie de te demander de me rendre ce service, lui avait dit Philo Cooper en l'appelant ce matin, mais mon antenne de télévision a été à moitié arrachée par le vent et pourrait blesser quelqu'un en basculant dans le vide. Je n'arrive pas à joindre le type de Pittsfield qui me l'a installée.

— D'accord, je passerai la remettre d'aplomb dans l'après-midi. Pas de problème

En réalité, travailler sur une toiture métamorphosée en patinoire était risqué. Mais Seth avait effectué la réparation sans trop de difficultés. Avant de redescendre, il prit le temps de contempler la vue.

Cooper's Corner ressemblait à une carte de vœux pour le nouvel an. Regroupées frileusement autour de l'église, les maisons couvertes de neige arboraient encore les décorations de Noël. Les guirlandes lumineuses de la rue principale dansaient dans le vent.

Le village était beau toute l'année mais Seth le trouvait particulièrement magnifique en hiver, peut-être parce qu'il y était venu la première fois — il y a très, très longtemps — en décembre. A l'époque, il avait dix-huit ans et cherchait seulement un poste saisonnier dans une station de ski pour se faire un peu d'argent avant de s'en aller ailleurs. Mais il avait découvert ici un style de vie qui avait révolutionné son existence.

Après une enfance ballottée d'une famille d'accueil à l'autre, il était alors un adolescent aigri et renfermé sur lui-même.

Au début, la manière démodée dont vivaient les habitants de Cooper's Corner l'avait fait ricaner. Il pensait qu'il s'agissait d'un moyen habile pour attirer les touristes.

Mais il s'était bientôt rendu compte que les gens du village se souciaient réellement les uns des autres et même de lui qui s'efforçait pourtant de jouer les mauvais garçons.

Peu à peu, sans même en prendre pleinement conscience, il avait vu se fissurer les murs de cynisme qu'il avait soigneusement bâtis autour de lui. Les petits durs ne sont pas censés avoir de cœur mais Seth était tombé amoureux de cette ville où le temps semblait s'être arrêté, de ces vieilles maisons, de ces gens chaleureux…

… de cette fille aux cheveux couleurs de l'automne, aux yeux bleus comme un lac de montagne…

Perdu dans ses souvenirs, Seth glissa sur le toit verglacé et se rétablit de justesse avec un juron.

« Voilà ce qui arrive lorsque tu te mets à rêvasser ! se réprimanda-t-il. Tu ferais mieux de faire attention si tu ne veux pas te casser le cou ! Et pourquoi repenser à Wendy, tout à coup ? Elle fait partie du passé. A quoi bon remuer des cendres ? Elle est partie et ne reviendra pas. »

Seth rangea ses outils en se demandant pourquoi son ex-fiancée revenait le hanter ces jours-ci. Peut-être était-ce parce qu'il avait fait sa connaissance — et l'avait également perdue — en hiver. Mais à l'exception des deux — ou peut-être des trois ou quatre — premières années, cette saison ne déclenchait pas d'habitude un tel afflux de souvenirs.

Pas à ce point-là.

La veille, il s'était levé avec le visage de Wendy à l'esprit et il l'avait gardé en tête toute la journée. La nuit dernière, elle lui était apparue en songe. Il la voyait dans ses bras, sa bouche contre la sienne, si réelle qu'un instant, il avait vraiment cru qu'elle était là. Il s'était réveillé en sursaut en criant son nom.

— Wendy !

Pelotonnée contre lui, Joanne s'était mise sur son séant.

— Seth, qu'y a-t-il ? avait-elle murmuré d'une voix ensommeillée.

L'image de Wendy s'était estompée. Il avait reconnu le parfum de Joanne, un parfum qui ne parvenait pas à lui faire oublier celui de la peau de Wendy, malgré les années.

— Excuse-moi, ce n'était qu'un rêve.

En proie à une sourde culpabilité, il s'était écarté de Joanne. Comment osait-il s'imaginer avec Wendy, couché auprès d'une autre femme !

— Je ferais mieux de rentrer. Il est tard et je dois me lever tôt, avait-il bafouillé en guise d'explication.

Il avait deviné la déception de Jo. Même si elle ne lui en avait jamais fait la remarque, il savait très bien qu'elle ne comprenait pas pourquoi il ne lui avait jamais proposé de passer une nuit entière avec elle ni de faire l'amour chez lui.

— Les routes seront impraticables, lui avait-elle dit doucement tandis qu'il se rhabillait dans la pénombre.

En lui assurant que tout irait bien, il l'avait embrassée sur le front avant de partir.

En réalité, avec la tempête de neige, il n'aurait pu rejoindre son chalet dans la montagne sans ses chaînes.

Une fois chez lui, il avait allumé un feu dans la cheminée, et avait regardé les flammes jusqu'à l'aube en se demandant pourquoi il se remettait à penser à Wendy…

« Maintenant, ça suffit », s'ordonna-t-il.

Empoignant sa boîte à outils, il descendit avec précaution du toit. Après avoir rangé son matériel dans le camion, il entra dans l'épicerie.

La cloche de la porte teinta gaiement et Philo apparut, les mains sur son ventre rond.

— Alors ? Tu as terminé ?

Seth hocha la tête.

— L'antenne est solidement accrochée, elle ne bougera plus. Vous pouvez dormir sur vos deux oreilles.

— Merci, je me sens plus tranquille. Combien te dois-je ?

— Je vous enverrai la facture. Par contre, si cela ne vous ennuie pas, j'aimerais bien me réchauffer un instant ici avant de reprendre la route.

— Bien sûr. Installe-toi devant la cheminée, dit-il en le faisant entrer dans l'arrière-boutique.

Se laissant tomber sur un siège, Seth s'étira à la douce chaleur de l'âtre.

— Ce feu est bien agréable, déclara-t-il.

Les deux hommes restèrent un long moment devant le feu sans rien dire. Voilà encore quelque chose que Seth appréciait à Cooper's Corner. Personne ne se sentait obligé de bavarder par convention. Le silence n'était jamais pesant.

— Alors ? s'enquit Philo après un moment. Les affaires marchent bien ?

— Je ne me plains pas. J'ai de quoi m'occuper.

— Ton chalet doit être bientôt terminé, à présent, non ? Tu l'as commencé, il y a quoi ? Deux ans ?

— Trois, répondit Seth. Il sera fini au printemps, je pense.

— Cela ne doit pas être simple de le bâtir tout seul… et uniquement le week-end !

26

— Je n'ai pas le choix. Je travaille toute la semaine pour les autres. Et construire la maison de ses rêves de ses propres mains est un vrai bonheur.

— J'ai entendu dire que tu avais obtenu le terrain à un prix avantageux.

Seth réprima un sourire. Philo était toujours au courant de tout.

— C'est vrai, j'ai fait une bonne affaire.

Après avoir remis une bûche dans la cheminée, Philo s'éclaircit la gorge.

— Cela ne me regarde pas, mais nous nous demandions ce matin avec Phyllis… Où en es-tu avec cette jeune femme ?

Seth leva un sourcil étonné. Cooper's Corner était une petite ville où tout le monde savait plus ou moins ce qui se passait chez son voisin mais personne ne lui avait encore posé de questions si personnelles sur sa vie amoureuse.

— Tout va bien entre nous, répondit-il avec circonspection.

D'un air soulagé, Philo hocha la tête.

— Tant mieux. Phyllis en sera contente. Elle l'a toujours beaucoup aimée. Moi aussi, d'ailleurs.

Perplexe, Seth regarda Philo avec curiosité. Quelque chose lui échappait. Non seulement il était bizarre que Philo s'intéresse soudain à ses relations avec Joanne mais la manière dont le vieil homme évoquait le sujet n'avait aucun sens. Joanne habitait New Ashford, elle ne vivait dans la région que depuis un an ou deux et n'avait sans doute jamais mis les pieds dans cette épicerie.

La pomme d'Adam de Philo montait et descendait.

— Nous avons toujours eu beaucoup d'affection pour elle et tout ce qui lui est arrivé nous a bouleversés, tu t'en doutes… Alors, s'enquit-il brusquement, est-elle rentrée pour de bon ? Ou, comme certains le prétendent, n'est-elle ici que pour un bref séjour ?

Philo ne l'interrogeait pas sur Joanne, Seth en avait la certitude, à présent. Il chercha à qui l'épicier pouvait bien faire allusion. Il s'agissait sans doute d'une femme qu'il avait connue assez intimement…

Tout à coup, la lumière se fit dans son esprit.

Il sut de qui Philo lui parlait, il comprit le sens de son rêve de la nuit précédente et pourquoi certains souvenirs revenaient le hanter ces temps-ci.

Wendy était revenue.

Devant son visage pétrifié, Philo se mit à rougir comme une pivoine, incapable de dissimuler son embarras. Il prit le tisonnier, attisa le feu qui n'en avait nul besoin...

A la fin, il se tourna vers Seth.

— Je suis désolé, balbutia-t-il. J'avais bien dit à Phyllis que ce n'était pas une bonne idée de t'interroger sur Wendy Monroe. Et d'ailleurs, la raison de son retour à Cooper's Corner et la durée de son séjour ne me regardent pas.

La neige recommençait à tomber et, au volant de son camion, Seth tentait de se concentrer sur la circulation. Ce n'était pas facile. Wendy occupait toutes ses pensées. Elle était rentrée à Cooper's Corner. Toute la ville était sans doute au courant. Et lui aussi, maintenant...

Malgré sa gêne, Philo lui avait donné tous les détails. Wendy était arrivée la veille, Alison Fairchild était allée la chercher à l'aéroport d'Albany.

Seth serra ses mâchoires. Il avait croisé Alison il y a quelques jours, aux Chênes Jumeaux. Ils avaient échangé des banalités et elle n'avait pas fait la moindre allusion au retour de Wendy. Pourquoi ne lui en avait-elle soufflé mot ? Elle savait pertinemment que cela l'aurait intéressé !

Et Gina ? Il était resté en contact avec la mère de Wendy. Il lui téléphonait régulièrement. En fait, moins souvent à présent, mais les premières années, il l'appelait presque chaque semaine pour prendre des nouvelles de Wendy. En revanche, il refusait de parler à son père, responsable à ses yeux du drame. S'il n'avait pas tant poussé sa fille à devenir une championne ...

28

Seth inspira profondément.

A quoi bon se torturer avec ces souvenirs ? Tout était fini à présent, comme ce qu'il avait éprouvé pour Wendy.

Alors pourquoi l'annonce de son retour le bouleversait-il à ce point ? Wendy appartenait au passé. Joanne était son avenir.

Il serrait si fort le volant que les jointures de ses doigts en blanchirent. C'est vrai, ses sentiments pour Jo n'étaient peut-être pas assez forts pour envisager un futur commun. Peut-être était-il temps de le lui dire. Peut-être…

Seth dérapa sur une plaque de verglas et évita de justesse des voitures stationnées le long du trottoir.

« Et peut-être ferais-tu mieux de reprendre tes esprits avant de provoquer un accident », se dit-il avec amertume.

Il se gara et, remontant le col de sa veste de cuir, il se dirigea à pas lents vers le Tubb's Café.

Dès qu'il entra, une douce chaleur l'enveloppa. Une bonne odeur de café flottait dans l'air. Après avoir salué le jeune serveur, Seth s'installa à une table près de la fenêtre.

— Un crème, lui demanda-t-il.

Seth frotta ses mains l'une contre l'autre pour les réchauffer. Il était furieux que personne n'ait cru bon de le prévenir du retour de Wendy. Il l'avait aimée autrefois, non ?

Non ! Ce n'avait été qu'une passade. N'importe quel gamin de dix-neuf ans se serait amouraché d'un aussi joli brin de fille. Wendy était alors la gloire de la ville et tous les garçons des alentours lui faisaient les yeux doux. Pourtant, elle était tombée amoureuse de lui : un inconnu sans famille, sans passé, sans lettres de noblesse…

Seth se figea soudain.

Wendy !

Les yeux rivés à la fenêtre, il posa sa tasse d'une main tremblante. Wendy et Howard Monroe sortaient d'une boutique. Emmitouflée dans un loden vert, la jeune femme avait enfoncé sur sa tête un gros bonnet qui dissimulait en partie ses magnifiques cheveux roux et elle portait des lunettes noires. Mais Seth l'aurait reconnue n'importe où.

Le cœur battant à tout rompre, il la regarda s'en aller aux côtés de son père. C'était la première fois qu'il la voyait marcher. Jusqu'alors, même s'il connaissait la gravité des blessures de Wendy, il l'imaginait toujours aussi gracieuse que par le passé. A présent, il ne pouvait plus se dissimuler la réalité. Elle traînait la jambe et boitait légèrement. Des années de rééducation n'avaient pas suffi à lui redonner sa démarche d'autrefois.

Howard offrit le bras à sa fille pour lui permettre de garder son équilibre sur le trottoir verglacé. Mais, d'un signe, elle refusa son aide et avança seule vers la voiture.

« Pourquoi ne se sert-elle pas d'une canne ? se demanda Seth avec inquiétude. Pourquoi ne s'appuie-t-elle pas sur son père ? Elle pourrait glisser, tomber et… »

« Ce ne sont pas tes affaires… »

Mais il ne parvenait pourtant pas à s'en désintéresser. Wendy avait trop compté pour lui à une époque, même si tout cela remontait à des années.

Il se leva, posa un billet sur la table et se dirigea à grands pas vers la sortie. Pas question de laisser Wendy s'éloigner de lui comme il y a neuf ans. Il allait la rattraper, la saisir par les épaules, la secouer, l'obliger à… Oh, Seigneur, non ! Il allait la prendre dans ses bras, lui dire que la voir ainsi — avec sa jambe et ses rêves de championne brisés — lui fendait le cœur…

— Monsieur Castleman !

Le jeune serveur se précipitait vers lui.

— Vous oubliez votre monnaie !

Sans répondre, Seth regarda la rue. Wendy s'installait dans la voiture de son père. Howard referma sa portière avant de s'asseoir au volant et de démarrer.

La gorge serrée, Seth se tourna vers l'adolescent. Il empocha les billets, refusa les pièces.

— Merci. Garde-les.

C'était le moins qu'il pouvait faire pour le remercier de son honnêteté.

Wendy était de retour ? Et alors ? Cela ne changeait rien. Seth remonta dans son camion. C'est vrai, autrefois, il avait cru l'aimer. Lorsque Gina lui avait appris d'une voix hystérique que Wendy avait fait une mauvaise chute et était entre la vie et la mort, il avait sauté dans le premier avion pour la rejoindre.

Involontairement, il serra le volant.

Il n'avait pas voulu qu'elle parte pour la Norvège. Il savait à quel point il était important pour elle de participer aux jeux Olympiques mais il se demandait si elle était vraiment prête pour ces épreuves. Bien sûr, elle avait le talent et la volonté nécessaires mais elle était à bout de fatigue…

Au souvenir des traits tirés de Wendy, des larges cernes qui ourlaient ses yeux, il secoua la tête. Elle était épuisée. Comment aurait-il pu en être autrement ? Son père la forçait à tirer sur la corde. Membre de l'équipe sélectionnée pour les Jeux, elle était encadrée par les meilleurs mais Howard lui avait appris à skier et se considérait comme son entraîneur attitré. Chaque jour, il la réveillait à l'aube et la conduisait sur les pistes, l'obligeant à descendre, à remonter inlassablement, jusqu'au soir. Elle ne tenait plus debout.

A cette époque, Seth ne la voyait presque plus. Quand elle rentrait à la nuit tombée, elle s'écroulait sur son lit, éreintée, et n'avait plus la force de sortir.

L'acharnement du vieil homme choquait Seth mais intimidé par la personnalité d'Howard, tétanisé à l'idée de le froisser et peut-être de perdre alors sa fiancée, il n'osait rien dire.

Un soir pourtant, il avait fini par s'en ouvrir à Wendy.

— Chérie, tu ne crois pas que ton père en fait un peu trop ? Il te met sous pression !

— Pas du tout, avait-elle répondu. Il cherche seulement à m'aider.

— Tu es si fatiguée ! Il te surmène.

Le visage dans son cou, Wendy s'était blottie contre lui.

— Serre-moi fort et je me sentirai mieux. J'aime tant être dans tes bras.

Il l'avait étreinte contre lui, l'embrassant avec tendresse.

— Tu n'as qu'un mot à dire et je te conduis à Vermont, lui avait-il murmuré d'une voix rauque. Nous nous marierons et ce soir, tu seras ma femme.

— Nous en avons déjà discuté, Seth. Je meurs d'envie de t'épouser mais… pas tout de suite. Je dois d'abord participer aux Jeux et tenter de décrocher une médaille, tu comprends ?

Bien sûr, il comprenait. Il ne voulait pas en discuter, se disputer avec elle à ce sujet et surtout pas à quelques jours de son départ. Elle n'avait pas besoin de stress supplémentaire. De plus, elle allait terriblement lui manquer et il préférait qu'elle pense à lui avec plaisir lorsqu'elle serait loin.

Aussi s'était-il arrangé pour rendre inoubliables leurs dernières soirées.

A plusieurs reprises, il l'avait emmenée au cinéma à Pittsfield ou dîner au Burger Barn. Wendy adorait leurs frites croustillantes et leurs glaces à la Chantilly.

Et un soir, il l'avait conduite dans la montagne Sawtooth, dans une petite clairière qu'ils considéraient un peu comme la leur. Là, il l'avait prise dans ses bras.

— Seth, avait-elle murmuré d'une voix voilée.

Alors il l'avait embrassée, doucement d'abord puis avec toute la passion d'un homme amoureux. Lorsqu'il l'avait sentie haleter dans son cou, il avait décroché son soutien-gorge et avait longuement caressé ses seins si doux, si chauds, si sensibles. Il entendait encore les gémissements de plaisir de Wendy. Quand ses mains viriles étaient devenues plus audacieuses, elle avait descendu la fermeture Eclair de son jean et s'était donnée à lui.

32

Seth se raidit sur son siège. « Arrête ! » se dit-il. A présent, il avait grandi, il était devenu un homme. A quoi bon se torturer avec des souvenirs d'adolescents ? Cela remontait à près de dix ans !

Arrivé devant chez lui, il gara son camion et hésita. La tempête de neige était passée, les étoiles brillaient dans un ciel sans nuage. La nuit allait être froide. Pourquoi ne téléphonerait-il pas à Jo pour lui proposer de dîner avec lui dans ce petit restaurant près de Lee ?

Mais peut-être était-ce mal de sa part d'inviter une femme alors qu'il rêvait d'une autre.

Avec un gros soupir, Seth retira ses bottes.

La journée avait pourtant bien commencé. En se levant ce matin, la seule difficulté qui se profilait à l'horizon semblait être l'antenne de Philo.

Voilà comment il aimait les choses : simples, carrées, faciles à résoudre. Il avait eu son quota de problèmes pour une vie entière après l'accident de Wendy. Combien de jours, de nuits, avait-il passés à arpenter les couloirs de l'hôpital d'Oslo ? Il avait cru devenir fou à l'époque. La jeune femme était dans le coma et il en était réduit à lui tenir la main en priant. Il ignorait alors que le pire était à venir. Lorsque, enfin, elle avait repris connaissance, quand ses yeux si bleus s'étaient posés sur lui, elle avait détourné la tête.

— Elle a besoin d'un peu de temps pour retrouver ses esprits, avait dit Gina.

Deux semaines plus tard, Wendy refusait toujours de le voir. Elle avait renvoyé ses fleurs, jeté ses lettres. Et, un jour, Gina lui avait tendu le mot que Wendy lui avait écrit.

« Tout est fini entre nous, Seth. Je suis désolée. S'il te plaît, va-t'en. »

Il ne pouvait y croire. Elle était encore sous le choc, il le comprenait. Non seulement elle avait frôlé la mort mais elle venait d'apprendre qu'elle était condamnée à rester clouée sur un fauteuil roulant jusqu'à la fin de ses jours. Il ne doutait pas qu'elle se battrait pour retrouver l'usage de ses jambes. Mais pour le moment, elle était bouleversée ! Confiant, il avait repris sa plume pour lui assurer qu'il lui donnait tout le temps nécessaire pour se rétablir, qu'il l'attendait, qu'il l'aimait de tout son cœur et l'aimerait toujours. « Quand tu seras prête, je serai là », avait-il conclu parce qu'il savait, *savait*, qu'elle l'aimait vraiment.

Seth traversa la maison plongée dans l'obscurité pour chercher une bière dans la cuisine. Il la dégusta en regardant la montagne par les baies vitrées.

Comment avait-il pu se tromper à ce point ? Wendy n'avait même pas ouvert sa lettre. Elle la lui avait renvoyée, intacte, et s'était contentée de griffonner au dos : « Je ne veux pas que tu m'attendes, ni te revoir. Jamais. »

Pourtant, il n'avait pu se résoudre tout de suite à partir. Il tentait de se persuader qu'elle allait changer d'avis. Il avait véritablement compris que tout était terminé plusieurs mois plus tard lorsqu'il avait téléphoné à Gina pour prendre des nouvelles de Wendy et demander quand elle revenait à Cooper's Corner.

— Elle ne compte pas retourner aux États-Unis dans l'immédiat, lui avait expliqué la mère de Wendy. Elle a besoin de suivre une longue rééducation très spécialisée. Elle a trouvé une place dans un centre de Paris et a décidé de s'installer en France.

Ce jour-là, il avait eu l'impression de toucher le fond. Par la suite, il s'était dit que Wendy avait raison. Ils avaient connu un amour fou mais il ne s'agissait que d'une passade. Elle l'avait compris avant lui, voilà tout.

Mais pour renoncer définitivement à elle, il lui avait fallu du temps. Il avait quitté la région, erré de ville en ville comme à l'époque de ses dix-huit ans, exercé une multitude de métiers... jusqu'au jour où il s'était aperçu que le Berkshire et Cooper's Corner en particulier lui manquaient.

Il avait trouvé du travail chez un charpentier de Stockbridge. Même sans expérience, il était suffisamment fort et musclé pour se rendre utile. Il aimait le bois, son contact rugueux, son odeur forte.

Avant de s'en rendre compte, il s'était découvert une passion pour cette activité.

A présent, il avait construit la maison de ses rêves et Joanne lui avait dit qu'elle serait heureuse de vivre avec lui.

Un sourire aux lèvres, il se saisit du téléphone. Il allait appeler Jo. La voir lui ferait du bien. Elle prenait de plus en plus d'importance à ses yeux. C'était une jolie femme, bonne, douce et gentille…

Mais elle n'était pas Wendy et son corps ne s'embrasait pas lorsqu'il l'enlaçait. Il n'avait jamais éprouvé avec elle la plénitude qu'il ressentait après avoir fait l'amour à Wendy.

Avec un soupir, Seth reposa le combiné et alla se coucher en espérant qu'aucun rêve ne reviendrait le tourmenter.

3.

Le lendemain matin, Seth se réveilla avec un mal de crâne propre à lui donner envie d'être décapité.

Au lieu de la nuit de sommeil réparatrice qu'il avait espérée, il avait passé des heures à se tourner et à se retourner dans son lit. A l'aube, épuisé, il avait fini par s'endormir mais des cauchemars étaient venus le tourmenter et il se sentait plus fatigué que s'il n'avait pas fermé l'œil.

Pour venir à bout de sa migraine, il avala trois cachets d'aspirine. Il avait un rendez-vous une heure plus tard avec un type qu'il avait rencontré en haut du remonte-pente, la semaine précédente. Ils n'étaient que deux à être assez téméraires pour oser descendre la piste noire à la tombée du jour. Après cette course folle, ils s'étaient retrouvés autour d'un vin chaud.

L'homme lui avait tendu la main et s'était présenté :

— Rod Pommier.

Seth avait bien sûr reconnu le nom — il lisait les journaux — mais il savait aussi que Pommier recherchait la tranquillité. Il le comprenait et, pour lui, le chirurgien était avant tout un bon skieur.

— Ravi de faire votre connaissance. Je m'appelle Seth Castleman.

Ils avaient longuement discuté de leur passion commune puis la conversation s'était orientée sur Cooper's Corner.

— Les habitants sont amicaux sans être envahissants, si vous voyez ce que je veux dire, avait remarqué Pommier.

— Ils vivent un peu comme autrefois, en étant à la fois attentifs et respectueux d'autrui. C'est très agréable. Les rumeurs vont bon train mais, si vous souhaitez avoir la paix, personne ne viendra vous ennuyer.

Avec un petit rire, Rod avait levé les yeux de son verre.

— Dois-je prendre ce message pour moi ?

— Si vous vous demandez si je sais qui vous êtes, la réponse est oui : vous êtes un skieur qui consacre une partie de son temps libre à opérer. Cela résume-t-il l'idée que vous vous faites de vous-même ?

— Tout à fait !

Il avait soudain paru plus détendu.

Ils avaient reparlé des pistes puis Pommier avait confié à Seth qu'il avait entendu vanter ses talents de menuisier.

— Je loge actuellement aux Chênes Jumeaux et j'ai admiré une table de toute beauté dans le hall. Clint m'a appris qu'elle était votre œuvre.

— C'est vrai, je ne l'ai pas trop mal réussie, celle-ci.

Puis le médecin lui avait expliqué qu'il avait repéré dans la montagne un chalet à vendre. Bien situé, bénéficiant d'une vue exceptionnelle, l'endroit lui plaisait beaucoup mais de nombreux travaux étaient à prévoir…

— En le réaménageant complètement, il serait possible d'en faire quelque chose de magnifique… Cela vous ennuierait-il d'y passer pour me donner votre avis ?

— J'en serais ravi, avait assuré Seth avec un sourire.

Ils avaient pris rendez-vous pour ce matin, dans une heure, et heureusement sa migraine commençait à s'estomper.

A quoi allait-il s'occuper avant de retrouver Pommier ?

Il pourrait finir de réparer le vieux fauteuil à bascule qu'il avait acheté dans une brocante ou faire un saut à New Ashford voir si le propriétaire de la grange en ruine était décidé à lui vendre les poutres taillées à la main…

Non.

Attrapant son blouson, Seth sortit de chez lui. Il savait très bien ce dont il avait envie et rien ni personne ne l'en empêcherait.

Gina Monroe regardait avec satisfaction sa fille s'empiffrer de pancakes aux myrtilles.

— Ils sont bons ? s'enquit-elle en riant.

Wendy s'essuya le coin de sa bouche avant de répondre.

— Délicieux ! Cette confiture est un régal.

Avec un sourire heureux, Gina pensa combien il était doux d'avoir sa petite chérie à la maison. Elle ne cessait de se le répéter depuis deux jours.

— Tant mieux. Reste assise ! Je vais te chercher un peu plus de café.

Secouant la tête, Wendy se leva pour y aller elle-même.

— Je ne suis pas une infirme, maman.

— Bien sûr que non ! Mais j'aime tant être aux petits soins pour toi… Je n'en ai pas eu l'occasion depuis si longtemps !

— Oui, et cela me fait plaisir. Mais, tu sais, je suis un peu susceptible sur le sujet. J'ai toujours peur d'être considérée comme une handicapée… J'ai du mal à laisser les gens m'aider.

— Ce n'est rien que de le dire ! Tu montes aussitôt sur tes grands chevaux ! Tu as toujours été très fière de ton indépendance. Mais je voudrais pourtant te donner mon sentiment à propos de ton opération.

« Nous y voilà », pensa Wendy.

Le premier soir, elle lui avait annoncé la véritable raison de son retour. Sa mère était devenue livide mais n'avait encore fait aucun commentaire. Lorsque Gina était bouleversée par une nouvelle, elle y réfléchissait seule avant d'en parler.

Apparemment, elle y était prête, à présent.

Wendy lui saisit la main.

— Maman, je sais que l'éventualité d'une intervention supplémentaire a été une surprise pour toi.

— Un choc, tu veux dire ! Pourquoi avais-tu mis ton père au courant et pas moi ?

— Parce que je devinais que cela t'inquiéterait, répondit gentiment Wendy. Et je n'avais pas tort…

— J'espérais que toutes ces épreuves : l'hôpital, la chirurgie… étaient derrière nous. De plus, ce procédé soi-disant révolutionnaire en est encore au stade expérimental.

— C'est le cas de toutes les techniques nouvelles.

Avec un soupir, Gina se leva, mit les assiettes dans l'évier.

— Celle-ci s'applique à certains malades, Wendy, et à certaines blessures. Pas à toutes. Toi et ton père l'avez reconnu.

— Tu te fais du souci, maman, mais…

— Tu t'es fait opérer par les meilleurs chirurgiens de Norvège et tu as suivi une rééducation avec les plus grands spécialistes français. S'ils avaient pensé pouvoir faire mieux, ils l'auraient fait !

— Ils ont fait de leur mieux avec les moyens dont ils disposaient à l'époque. Mais ce procédé n'existait pas alors.

— Mais puisque ce Pommier refuse de prendre de nouveaux patients ? Tu lui as téléphoné, écrit, et il ne veut même pas en discuter !

Wendy posa sa serviette sur la table.

— Je savais que je n'aurais pas dû t'en parler !

— Tu m'as caché la véritable raison de ton retour. J'imaginais que tu revenais à la maison, et pour toujours…

— Je ne l'ai jamais prétendu !

— Non, c'est vrai, mais je pensais…

Cherchant à se calmer, Gina mit la bouilloire sur le feu.

— A mon avis, tu ne regardes pas la réalité en face, poursuivit-elle. Crois-tu vraiment faire changer d'avis ce médecin en le rencontrant ?

— Bien sûr que non ! Mais si je peux lui parler, lui montrer mon dossier, lui expliquer à quel point j'ai désespérément besoin de son aide…

— Pourquoi « désespérément » ? Je ne comprends pas. Les médecins t'avaient condamnée à rester paralysée et tu marches. Tu peux aller et venir, être indépendante…

— Je boite, je ne peux plus skier…

— Quelle importance ?

— Cela en a beaucoup pour moi, rétorqua Wendy d'une voix tremblante.

Ses yeux se remplirent de larmes et elle les essuya d'un geste rageur, furieuse de laisser ses émotions la submerger.

— Boiter me rappelle en permanence le drame, mon erreur…

— Oh, ma chérie !

Wendy ferma les paupières. Elle se souvenait de ce jour maudit comme si c'était hier. Elle s'était réveillée épuisée, les muscles endoloris, et s'était précipitée dans la salle de bains pour vomir, comme tous les matins depuis qu'elle était en Norvège.

Gina prit le visage de sa fille entre ses mains.

— Wendy, c'était le destin. La piste était verglacée, tu as dérapé, perdu le contrôle… Tu n'y es pour rien.

Avec un gros soupir, Wendy hocha la tête. Elle le pensait parfois lorsqu'elle voulait être logique. Descendre des pentes abruptes à une telle vitesse n'est pas exempt de danger. En chaussant ses skis, elle acceptait ces risques avec fatalisme.

Mais si elle n'avait pas été si déterminée à remporter une médaille, elle aurait reconnu qu'elle n'était pas en forme. Peut-être aurait-elle dû le dire à son entraîneur quand il lui avait demandé, les sourcils froncés : « Ça va, Monroe ? Tu es blanche comme un linge.» « Ça va », était tout ce qu'elle avait répondu.

Si elle lui avait avoué qu'elle ne se sentait pas bien, il l'aurait mise au repos et à trois jours de l'ouverture des Jeux, elle ne pouvait pas se permettre de manquer un jour d'entraînement.

Alors elle avait menti et était allée rejoindre le reste de l'équipe. Et tous les matins de sa vie, lorsqu'elle boitait pour se rendre de son lit à la salle de bains, elle se le reprocherait.

— Wendy, chérie ?

Gina la dévisageait avec angoisse. Wendy lutta contre l'envie de se jeter dans ses bras pour sangloter. Mais elle n'en avait pas le droit. Sa mère porterait alors son fardeau à sa place et Wendy l'aimait trop pour l'accepter. Elle assumerait seule son désespoir jusqu'au bout.

Avec douceur, Gina prit les mains de sa fille.

— Wendy, sache en tout cas que si je ne partage pas ton avis à propos de cette nouvelle opération, je serai à tes côtés et t'aiderai de toutes mes forces. Tu peux compter sur moi.

Un pâle sourire se dessina sur les lèvres de Wendy.

— Je t'aime, maman.

Les larmes aux yeux, Gina l'embrassa.

— Je te reconnais bien là, vive, volontaire, têtue… A mon avis, ce médecin va être surpris. Papa t'a-t-il précisé quand il t'avait arrangé une rencontre avec ce Dr Pommier ?

— Il l'ignore encore. Il faut attendre le bon moment.

— Bien. Pour l'instant, je vais profiter le plus possible de ta présence. Qu'aimerais-tu faire aujourd'hui ? Cela te plairait-il d'aller à Lee ? Un centre commercial s'y est ouvert.

— Un centre commercial ? Pas possible !

— Je vais te montrer ça ! Je finis de ranger la cuisine pendant que tu t'habilles et on y va, d'accord ?

Comme sa fille s'apprêtait à quitter la pièce, Gina ne put s'empêcher de la rappeler.

— Wendy ? Tu m'as bien recommandé de ne souffler mot à personne de ton retour à Cooper's Corner mais… vas-tu prévenir Seth ?

Wendy pâlit.

— Tu lui en as parlé ? Oh, maman ! Je t'avais bien dit de…

— J'ai gardé le secret mais je me demandais si tu comptais profiter de ton séjour ici pour le contacter.

— Non, répondit Wendy avec brusquerie. Pourquoi le ferais-je ?

— A mon avis, lui passer un coup de fil serait faire preuve de courtoisie, expliqua Gina d'un ton hésitant. Il n'a jamais cessé de prendre de tes nouvelles, tu sais…

Enfonçant les mains dans les poches de sa robe de chambre, Wendy serra les poings.

— Vraiment ?

— Il m'a appelée très régulièrement des années et encore maintenant, chaque fois que je le croise, il s'enquiert de toi.

— C'est très gentil de sa part, répondit Wendy avec raideur. Mais lui et moi n'avons plus rien à nous dire. Je ne suis plus la jeune fille qu'il a connue.

Avec un soupir résigné, Gina hocha la tête.

— D'accord.

— Je n'ai pas envie de parler de lui ni de le revoir… Nous n'étions que des gamins stupides. L'accident m'a aidée à m'en rendre compte…

Gina retint son souffle. Sa fille semblait prête à se confier et peut-être lui expliquerait-elle pourquoi son cœur avait tant changé. Mais Gina comprit qu'elle n'en saurait pas plus quand Wendy releva le menton.

— Oublions le passé, dit-elle doucement. D'accord ?

Gina aurait aimé la prendre dans ses bras et lui promettre qu'elle écarterait de sa route tout ce qui la préoccupait comme elle le faisait lorsque Wendy était petite. Mais les mères perdaient ce pouvoir quand leurs enfants devenaient grands, reconnut-elle avec amertume.

— D'accord.

Elle lui sourit et jeta un œil sur l'horloge de la cuisine.

— Nous ferions mieux de ne pas traîner si nous voulons éviter la foule.

— Donne-moi dix minutes pour m'habiller.

Dès que Wendy eut tourné les talons, Gina s'attaqua avec un soupir à la vaisselle.

Sa petite fille — elle considérait toujours Wendy ainsi — avait de gros ennuis et Gina en cherchait la cause. Howard prétendait qu'il s'agissait uniquement de sa jambe.

Pourtant Wendy avait surmonté le plus dur et son état physique dépassait leurs espérances. Alors que les médecins l'avaient condamnée à rester paralysée, elle marchait de nouveau. N'était-ce pas l'essentiel ?

Bien sûr, Wendy n'était plus la championne qu'elle avait été. Et alors ? Si elle avait toujours aimé skier, son existence ne se réduisait pas à ce sport.

En tout cas, pas depuis que Seth Castleman était entré dans sa vie.

Gina se versa une autre tasse de thé.

Howard avait offert à leur fille sa première paire de skis à Noël lorsqu'elle avait quatre ou cinq ans.

— Elle est trop jeune, avait protesté Gina. Elle pourrait se faire mal !

— Regarde-la ! Elle est très à l'aise sur ses planches. Elle est de la graine de champion !

Il avait raison. Wendy était faite pour skier. Il fallait la voir dévaler les pentes ! Rapide, gracieuse, elle ravissait les regards. A huit ans, elle avait gagné sa première course. A dix ans, elle passait ses vacances à Aspen avec son père pour affronter des pistes noires. A douze ans, le ski était devenu son unique passion.

Très brillante, elle parvenait à concilier l'entraînement et les études. En revanche, contrairement aux adolescentes de son âge, elle n'aimait pas particulièrement sortir ni danser ni rester des heures pendues au bout du fil avec ses amies et elle paraissait se désintéresser de la gent masculine.

Et puis, alors que Wendy avait dix sept ans, elle avait fait la connaissance d'un garçon sur les pistes. A l'époque, Seth s'occupait du remonte-pente. Lorsque sa fille était rentrée, elle avait le sourire aux lèvres et les yeux brillants.

— Ta journée a été bonne ? s'était enquis son père.

— Formidable !

A son air euphorique, Gina avait deviné la vérité.

Wendy avait rencontré quelqu'un.

Gina avait gardé pour elle son intuition. Le téléphone avait commencé à sonner et à l'appareil, elle reconnaissait toujours la même voix polie d'un jeune homme qui désirait parler à Wendy. A plusieurs reprises, Gina avait surpris sa fille, le regard dans le vague, la mine rêveuse. Gina s'était réjouie de la savoir amoureuse. Wendy continuait à s'entraîner quotidiennement et à accompagner son père le week-end sur les pistes mais parfois elle se mettait à renâcler lorsqu'il exigeait un peu trop d'elle.

— Que lui arrive-t-il ? s'interrogeait Howard un jour où Wendy avait refusé de retourner skier en fin d'après-midi.

— C'est une jeune fille, avait répondu Gina. Elle a besoin de temps pour d'autres choses.

— Si elle veut participer aux jeux Olympiques, elle doit se consacrer exclusivement à l'entraînement !

Et Gina s'était demandé — et ce n'était pas la première fois — s'il cherchait le bonheur de Wendy ou le sien.

Un soir, Wendy avait demandé l'autorisation de sortir après le dîner.

— J'ai rendez-vous, avait-elle expliqué en rougissant.

Gina avait souri et Howard froncé les sourcils.

— Rendez-vous ? Avec un garçon ?

— Oui, avait avoué Wendy, écarlate. Il s'appelle Seth Castleman.

À dater de ce jour, la vie de sa fille avait semblé tourner autour de Seth. Elle ne parlait plus que de lui. Gina n'avait jamais vu Wendy plus heureuse. Howard, lui, s'arrachait les cheveux.

— Elle va perdre son avance ! s'inquiétait-il les soirs où Wendy s'en allait avec son amoureux et rentrait tard.

— Elle est amoureuse...

— Ne sois pas idiote ! Il s'agit d'une toquade de gosses, rien de plus !

Gina était persuadée du contraire, que les deux tourtereaux s'aimaient profondément... jusqu'à l'accident. Seth avait pris le premier avion pour rejoindre Wendy mais celle-ci avait refusé de le voir et lui avait écrit une lettre de rupture.

Soudain la cloche de l'entrée retentit et Gina regarda l'horloge. Qui pouvait bien sonner chez elle à 10 heures du matin ? Encore un démarcheur sans doute, pensa-t-elle avec un soupir.

Ce n'était pas un démarcheur mais Seth.

— Bonjour, Gina.

Elle le dévisagea d'un air stupide. Il n'était pas venu chez eux depuis une éternité et à présent, alors qu'elle pensait justement à lui, il était là. Ses cheveux bruns parsemés de flocons de neige, il semblait frigorifié et elle restait pétrifiée, comme victime d'une apparition.

— Seth ? Je ne m'attendais pas... Je...

— Puis-je entrer ?

Blême, Gina jeta un regard affolé derrière son épaule.

— En fait, bafouilla-t-elle. Ce n'est pas le bon moment.

— Je sais qu'elle est ici. Pourquoi ne m'avez-vous pas prévenu de son retour ? Vous auriez dû me le dire !

Derrière sa colère, elle décela dans sa voix un profond chagrin.

Il neigeait de plus en plus fort et leur voisine, Mme Lewis, qui promenait son chien, s'arrêta sur le trottoir pour les observer avec curiosité. Ouvrant plus grand la porte, Gina invita Seth à pénétrer à l'intérieur.

— Entrez mais seulement pour un instant.

— Merci.

Seth frappa ses bottes couvertes de neige sur le perron avec plus de vigueur que nécessaire. Tandis qu'il conduisait, son mécontentement initial s'était mué en franche fureur. Il trouvait scandaleux que personne ne l'ait averti de l'arrivée de Wendy. C'était pourtant stupide de sa part. Elle ne signifiait plus rien pour lui et Gina n'avait aucune obligation à son égard. Néanmoins, il bouillait intérieurement et se sentait sur le point d'exploser.

A la vue du visage livide de Gina, il tenta de se calmer. Elle le regardait, la mine soucieuse.

— Seth, j'aimerais vraiment vous proposer de rester mais c'est impossible.

Il passa une main dans ses cheveux bruns.

— Ecoutez, je suis désolé. Mais je l'ai aperçue, vous comprenez ? Et ce fut pour moi… un choc. Pourquoi ne m'avez-vous rien dit ? répéta-t-il.

— Parce que… parce que…

— Parce que je lui ai demandé de n'en rien faire !

Seth leva la tête. Wendy descendait lentement l'escalier.

4.

La main accrochée à la rampe, Wendy fixait Seth avec intensité.

Le moment qu'elle appréhendait tant était arrivé. Cette rencontre était inévitable. Elle l'avait compris lorsque son père lui avait expliqué qu'il lui fallait attendre le moment opportun pour solliciter un entretien avec le Dr Pommier. Plus elle prolongerait son séjour à Cooper's Corner, plus les risques que Seth ait vent de son retour étaient grands.

A moins de rester cloîtrée chez elle, elle allait donc devoir affronter les regards de pitié des gens qui la verraient boiter. Mais elle craignait par-dessus tout la réaction de l'homme qu'elle avait aimé. A l'époque de l'accident, elle avait refusé cette confrontation, elle n'aurait pas supporté de lire dans les yeux de Seth l'horreur ou le rejet. Elle ne le tolérerait pas plus à présent.

En le dévisageant, Wendy comprit avec soulagement qu'elle n'avait pas à s'inquiéter. En proie à une colère froide, maîtrisée, Seth était blanc de fureur et elle sut, à cet instant, que tout était fini pour lui aussi. Tant mieux.

Alors pourquoi son cœur battait-il la chamade ?

— Bonjour, Wendy.

Sa voix était plus grave que dans son souvenir et il lui parut plus grand, plus musclé, même s'il l'était déjà autrefois. A côté de lui, elle s'était toujours sentie féminine, presque fragile. Elle se rendit

47

compte qu'il était simplement devenu un homme — un homme fort et large d'épaules, à la mâchoire volontaire — alors qu'elle l'avait connu adolescent. Il avait toujours une bouche magnifique.

— Comment vas-tu, Seth ?

De toutes ses forces, elle serrait la rampe pour lui cacher ses tremblements.

Il la détailla de la tête aux pieds, s'arrêta sur sa jambe avant de revenir à son visage pour lui retourner la question.

— Et toi ?

— Très bien, merci.

— J'ai entendu dire que tu avais dû suivre une longue rééducation…

Les sourcils froncés, Wendy jeta un regard de biais à sa mère qui — elle en était certaine — le lui avait appris. Pétrifiée, Gina se tournait de l'un vers l'autre comme pour suivre un match de tennis.

— C'est vrai, répondit-elle enfin. Je continue d'ailleurs.

— Et manifestement, c'est efficace. Cela fait plaisir de te revoir sur pieds.

Les rares personnes avec qui elle avait parlé la veille — chez l'épicier, à la station-service — avaient soigneusement évité la moindre allusion à son accident.

— Merci. Maman, si tu es prête, dit-elle d'un ton léger à Gina, nous pouvons nous rendre à ce centre commercial…

— Ton séjour en France s'est bien passé ? insista Seth.

— Oui, merci.

— La nouvelle de ton retour m'a surpris. Es-tu revenue en simple visite ? Ou penses-tu te réinstaller définitivement à Cooper's Corner ?

— Seth, excuse-moi. Ma mère et moi devons sortir et…

— Tu ne m'as pas répondu. Pourquoi n'es-tu pas rentrée plus tôt ?

Sans se départir de son sourire, elle répondit :

48

— Parce que je n'en avais pas envie. Cet interrogatoire est bientôt fini ?

— Wendy ! intervint Gina sévèrement. Reste polie !

— Elle a raison, Gina. L'endroit où elle vit, ce qu'elle fait, ne me regardent pas.

Il recula et posa une main sur la poignée de la porte.

— J'aurais sans doute mieux fait de téléphoner avant de passer.

Seth appartenait au passé. Il ne lui était plus rien maintenant. Alors pourquoi, lorsqu'elle l'avait aperçu du haut de l'escalier, avait-elle eu l'impression d'avoir de nouveau dix-sept ans et qu'il était venu la chercher pour leur tout premier rendez-vous ?

— Oui, répondit-elle. Cela aurait été préférable.

D'un hochement de tête, il acquiesça avant de poursuivre :

— Je suis content de te voir, Wendy.

— Merci.

— Tu es censée répondre : « Moi aussi »…

— Au revoir, Seth.

Ses yeux virils lancèrent des éclairs.

— Après neuf ans de silence incompréhensible, tu ne trouves donc rien de mieux qu'un « au revoir, Seth » ?

— Je n'ai rien d'autre à te dire.

— Eh bien, tu devrais ! Peut-être pourrais-tu commencer par m'expliquer pourquoi tu m'as traité comme un chien lorsque j'ai couru te rejoindre en Norvège. A ce stade, je pense qu'un « je suis désolée, Seth » ne serait pas superflu !

— Je ne t'ai jamais demandé de venir en Norvège.

Avec colère, il répliqua d'un ton mordant.

— En effet, tu ne l'as pas fait !

— Va-t'en, s'il te plait !

— Tu progresses, Wendy ! Tu me congédies encore comme un domestique mais à présent, tu te fends d'un « s'il te plaît » !

La jeune femme descendit en bas de l'escalier. Son cœur battait toujours à tout rompre mais de fureur cette fois. Pour qui se prenait-il ?

— Hors d'ici ! hurla-t-elle en pointant son doigt vers la porte. Sors tout de suite de cette maison !

— Wendy ! intervint Gina. Seth...

— Je m'en vais, je m'en vais, parfait. Mais avant de partir, j'aimerais te dire que...

A la vue du visage décomposé de Gina, il s'interrompit.

— Gina, je suis navré.

— Non, Seth, ce n'est pas votre faute...

Les flocons de neige dansaient devant le porche. Sans se retourner, il s'en alla à grandes enjambées.

Gina laissa échapper un gros soupir.

— Pauvre garçon...

Tremblant de tous ses membres, Wendy ne décolérait pas.

— Comment a-t-il osé venir ! De quel droit fait-il irruption chez nous comme cela ? Et tu voudrais que je le plaigne ? Tu as entendu ce qu'il m'a lancé à la figure ! Comment peux-tu éprouver la moindre sympathie pour lui ?

— Tu aurais dû au moins être correcte avec lui !

— Correcte ? Il a forcé notre porte sans y avoir été invité, m'a fait subir un interrogatoire en règle comme si j'avais des comptes à lui rendre ! Et tu as pitié de lui !

— Tu lui dois au moins des excuses. La manière dont tu l'as traité en Norvège ne...

— Je n'ai pas envie d'en parler !

— Pourtant, tu vas écouter ce que j'ai à te dire. Seth a ...

— Et s'il pense que j'ai l'intention de ramper devant lui parce que j'ai eu le courage de rompre comme il le fallait...

— Il a tout laissé tomber pour sauter dans le premier avion et courir à ton chevet, répliqua Gina. Et toi, tu l'as...

Sa voix se brisa et ses yeux se remplirent de larmes. Elle prit sa fille par les épaules.

— Ma chérie, je suis désolée. A l'époque, tu avais besoin de toutes tes énergies. Tu devais d'abord et avant tout te battre pour t'en sortir, je l'ai bien compris. Mais j'ai vu à quel point Seth a été blessé par ta réaction. Toutes ces années, j'espérais que tu étais restée en contact avec lui.

— Pourquoi l'aurais-je fait ? Je ne l'aime pas.

— Je ne parle pas d'amour, chérie mais cela aurait été bien de le faire. Tu aurais pu l'appeler pour dire, par exemple, que tu avais apprécié son geste, que tu espérais qu'il était heureux…

— L'est-il ? ne put s'empêcher de demander Wendy. J'ai appris qu'il avait quelqu'un dans sa vie. A-t-il trouvé le bonheur auprès d'elle, maman ?

— Seigneur ! murmura Gina avec douceur. Tu tiens toujours à lui.

— Absolument pas ! s'écria Wendy en s'écartant d'elle. Je pose la question, c'est tout ! Cela n'a rien de personnel.

Après un instant, Wendy reprit plus posément.

— D'accord, j'aurais dû rester en contact avec lui. Mais, ce n'était pas facile, tu sais…

— Il te rappelle le passé et tu veux te tourner résolument vers l'avenir. Tu as raison, ajouta-t-elle avec un soupir. Et tout cela ne me regarde pas.

Wendy noua les bras autour du cou de sa mère.

— Pardonne-moi, dit-elle. J'ai eu tort de m'emporter et de déverser ma colère sur toi.

— Et moi, je regrette de t'avoir fait ces reproches, répondit Gina en l'embrassant. Et c'est vrai, même si Seth mourait d'envie de te revoir, il aurait pu téléphoner avant de venir… Sa visite, après tout ce temps, t'a remuée.

— Tu penses que je me suis mal conduite avec Seth…

— Je pense surtout que je ne dois pas me mêler de vos affaires.

D'un air las, Wendy s'assit en bas des marches. Sa mère prit place à côté d'elle.

— Puis-je pourtant te poser une question ?

— Bien sûr.

Avec tendresse, Gina repoussa une mèche rousse du visage de sa fille.

— As-tu rompu avec lui parce que tu croyais finir tes jours sur un fauteuil roulant ?

— En partie, oui.

— Chérie, pour un homme comme Seth, cela n'avait pas d'importance, j'en suis certaine.

— Bien sûr, il se serait comporté… de manière honorable. Il m'aurait assuré que mon infirmité ne changeait rien pour lui. Mais cela n'aurait pas été vrai.

— Wendy…

— Ne me dis pas le contraire ! la coupa Wendy d'une voix tremblante. Je n'étais plus moi. Et je ne suis toujours pas la fille que Seth connaissait et dont il était tombé amoureux… Tous les deux nous avons eu notre moment de bonheur et nous l'avons perdu.

Elle ne voulait pas pleurer et lutta contre l'envie de se pelotonner contre le giron de sa mère pour sangloter. Elle ne l'avait pas fait depuis l'enfance. Même après l'accident, lorsqu'elle souffrait tant dans sa chair comme dans son cœur, elle ne s'était jamais laissée aller aux larmes. Reprenant le dessus, elle serra très fort la main de Gina dans la sienne.

— Mais ce n'est pas pour cela que j'ai rompu avec lui.

— Tu as estimé n'être plus amoureuse de lui…

— Nous nous sommes trompés, lui et moi, et je devais agir en conséquence.

D'une certaine façon, c'était la vérité.

— Je comprends. Lorsqu'on frôle la mort de près, cela modifie sa vision du monde et des gens. A présent, le sujet est clos et je ne t'en parlerai plus. Promis.

Gina regarda leurs doigts enlacés un long moment. Lorsqu'elle releva la tête, elle avait les yeux rouges mais elle souriait.

— Bien, reprit-elle brusquement. Maintenant, il est grand temps d'aller voir ce centre commercial.

— Maman, cela t'ennuierait-il beaucoup si nous y renoncions ?

— Non, bien sûr que non ! Si tu es fatiguée…

— Je ne le suis pas. Mais j'aimerais mieux sortir toute seule dans les environs, voir ce qui a changé…

— A Cooper's Corner ? Tu plaisantes ?

— Alison m'a dit qu'il y avait un bed and breakfast.

— C'est exact mais c'est la seule nouveauté. Pourquoi ne propose-rais-tu pas à ton amie de déjeuner avec toi ? Vous avez certainement beaucoup de choses à vous raconter ! Prends ma Volvo et va faire un tour. Mais ne roule pas trop vite. Seigneur, voilà que je te parle comme si tu avais quinze ans !

En riant, Wendy se leva :

— C'est vrai !

— Les mères sont toutes des enquiquineuses. Un jour, tu en deviendras une, toi aussi, et tu n'échapperas pas à ce travers.

Le sourire de Wendy devint incertain.

— Peut-être. On verra.

Elle réussit à faire bonne figure jusqu'à ce que Gina reparte dans la cuisine. Wendy n'avait pas envie de compagnie mais voir Alison lui ferait peut-être du bien.

Lorsqu'elle l'appela, celle-ci accepta son invitation avec enthousiasme.

— Que dirais-tu de nous retrouver au Burger Barn ? Nous n'y étions pas allées finalement, l'autre soir.

— Formidable ! Vers midi, cela te va ?

— Parfait. A tout à l'heure !

Wendy enfila son anorak, embrassa sa mère et quitta la maison. Elle voulait prendre l'air, conduire dans les environs pour ne plus penser à ses souvenirs.

En sortant de chez les Monroe, Seth écumait de rage. Comment Wendy avait-elle osé le jeter dehors comme un gueux ! Il ne s'était pas attendu à ce qu'elle lui saute au cou mais elle aurait au moins pu faire preuve d'un minimum de courtoisie ! Après tout, il s'était arrêté prendre de ses nouvelles et...

Non, reconnut-il.

Il était venu lui poser les questions qui le torturaient toujours après toutes ces années. Pourquoi ? Pourquoi l'avait-elle traité comme un chien lorsqu'il avait couru la rejoindre en Norvège ? Pourquoi ne restait-il que des cendres de l'amour fou qui avait brûlé entre eux ? Pourquoi avait-elle anéanti d'un coup de plume tous leurs projets ?

Il ne méritait pas le rejet dédaigneux de Wendy ni le long silence qui s'en était suivi.

Il voulait obtenir des réponses à ses interrogations, elle les lui devait, non ? Au lieu de quoi, Wendy l'avait dévisagé froidement du haut de son escalier.

Et lui était demeuré là, sans rien dire...

Une fois dans son camion, il avait frappé le volant avec violence, serrant les mâchoires pour s'empêcher de hurler. A ce moment-là, son téléphone portable avait sonné. Rod Pommier lui demandait s'il lui serait possible de déplacer leur rendez-vous à cet après-midi.

Cela tombait bien. Comment aurait-il pu discuter intelligemment de travaux, de poutres et de plafonds alors qu'il mourait d'envie de retourner chez les Monroe, d'obliger Wendy à le recevoir pour une petite explication !

C'est alors qu'il avait vu la jeune femme sortir de la maison et s'installer au volant de la Volvo de sa mère. Sans réfléchir, Seth avait démarré et l'avait suivie. Elle semblait rouler au hasard. Elle traversa la ville sans s'arrêter. Lorsqu'elle prit la direction du nord, Seth comprit qu'elle se rendait au Burger Barn. Il n'y avait pas mis les pieds depuis une éternité, depuis... qu'il sortait avec elle.

A sa suite, il rétrograda pour entrer dans le parking. Wendy ne reconnaîtrait certainement pas son camion mais à cette heure-ci, il y avait trop peu de voitures stationnées et, pour demeurer discret, il se gara un peu plus loin. Wendy ne paraissait pas pressée de sortir de son véhicule mais elle finit par ouvrir sa portière.

Seth sentit son cœur battre à grands coups.

Les flocons de neige tombaient toujours, tapissant le sol de blanc. Peut-être y avait-il du verglas. Wendy avançait péniblement et il fut tenté de descendre l'aider mais il imaginait sans peine la réaction de la jeune femme s'il courait après elle pour lui offrir son bras…

Rongeant son frein, il resta donc assis à la regarder marcher, prêt à s'élancer pour lui porter secours si elle glissait. Quand elle poussa la porte du restaurant et pénétra à l'intérieur, il poussa un soupir de soulagement.

Mais il ne put se résoudre à repartir. Après l'avoir suivie sur des kilomètres, allait-il se contenter de rentrer chez lui ?

Pas question. Il fallait en finir, définitivement.

Neuf ans auparavant, il avait réuni toutes ses économies, acheté un billet d'avion et volé vers elle. Il pensait alors qu'elle avait besoin de lui. Il avait eu tort. La femme qu'il aimait lui avait alors annoncé sa décision de rompre. Il se revoyait, anéanti, déchiffrant le bout de papier sur lequel elle le priait de s'en aller. Il lui avait fallu beaucoup de temps pour s'en remettre.

A présent, il voulait vider l'abcès une bonne fois pour toutes et tourner ainsi la page.

Il sortit du camion et se dirigea vers le restaurant. A l'intérieur, une odeur de viande grillée et d'oignons flottait dans l'air. D'un coup d'œil, il repéra la jeune femme près d'une fenêtre. Elle lisait le menu, la tête légèrement penchée, ses boucles rousses tombant sur ses épaules.

— Wendy ?

Sous l'effet de la surprise, elle blêmit et laissa la carte lui échapper des mains.

— Seth ? Que fais-tu ici ?

— Je voulais te parler.

Il vit avec plaisir ses efforts pour reprendre contenance. Puis d'un geste vif, elle attrapa ses gants, son sac.

— Malheureusement, je partais…

Avec un sourire, il secoua la tête.

— Menteuse, tu viens d'arriver. Ne nie pas, je t'ai suivie…

— C'est incroyable ! De quel droit ?

— Et je continuerai jusqu'à ce que tu m'écoutes enfin.

— Baisse le ton ! dit-elle en jetant un regard inquiet autour d'elle.

Personne ne leur prêtait attention et, de toute manière, si la ville entière avait voulu assister à la scène, il s'en moquait comme d'une guigne. Mais pas elle, manifestement.

Les yeux brillant de colère, elle le dévisagea.

— Assieds-toi !

— Enfin une décision intelligente, dit-il en s'installant en face d'elle. Ceci dit, contrairement à moi, tu ne manques pas de neurones, je le sais depuis longtemps.

— Je ne vois pas de quoi tu veux parler.

Une serveuse s'approchait, un grand sourire aux lèvres.

— Bonjour ! Vous avez choisi ? Aujourd'hui, le chef vous conseille son steak à la sauce béarnaise et…

— Un café pour moi, dit Seth.

— Bien, répondit la jeune femme, un peu interloquée. Et pour mademoiselle ?

— Rien, merci.

— Elle en prendra un aussi.

— Ecoute, Seth…

— Merci, mademoiselle.

Il attendit que la serveuse se soit éloignée pour se tourner vers Wendy.

— Il fallait être le dernier des imbéciles pour ne pas comprendre que tu avais déjà décidé de me quitter lorsque tu t'es envolée pour la Norvège.

Un instant décontenancée, Wendy se mit soudain à rire.

— Tu penses que je suis partie pour participer aux jeux Olympiques parce que je n'avais pas trouvé de meilleur moyen pour rompre avec toi ? Si c'est le cas, Seth, tu es effectivement le dernier des imbéciles.

— Tu sais très bien ce que je veux dire ! Jusqu'à ton départ, j'étais persuadé que tout allait bien entre nous. Et brutalement, tu me plaques sans explication. Et tu n'as même pas eu la correction de me l'annoncer en face ! J'ai eu droit à une lettre de rupture ! Jusqu'alors je les croyais réservées aux mauvaises séries télévisées !

Son visage était blême de colère. Wendy voyait battre la veine de son cou. Elle eut soudain envie d'y poser la main, de lui caresser le visage, de lui dire, de lui dire…

— D'accord. Je n'aurais pas dû m'y prendre ainsi. Mais j'étais dans un lit d'hôpital, tu t'en souviens ? Ce n'était pas l'endroit idéal pour les mondanités.

— Je n'étais pas parti là-bas pour faire des mondanités ! Je t'aimais ! Imagines-tu ce que ce fut pour moi ? D'être ici, à des milliers de kilomètres de toi, de recevoir ce coup de fil de ta mère, d'apprendre que tu étais gravement blessée, que tu allais peut-être en mourir ?

— C'est du passé. Et je me suis déjà excusée, c'est ce que tu voulais, non ? M'entendre reconnaître que j'avais eu tort.

Elle prit sa tasse, espérant réchauffer ses mains glacées. Elle ne regrettait pas ce qu'elle avait fait. A l'époque, elle n'avait pas eu le choix. Mais elle lui devait ce moment.

— Je suis désolée, dit-elle doucement. Je me suis mal conduite à ton égard. Je sais qu'il est un peu tard pour le faire mais… je te remercie d'être venu.

— Je me moque de tes remerciements, Wendy ! J'aimerais seulement que tu me regardes en face, que tu me dises à quel point tu es contente de me voir… Mais ce n'est pas possible, n'est-ce pas ?

Sans répondre à sa question, elle poursuivit.

— Et tu as raison à propos de cette lettre de rupture… J'aurais dû avoir le courage de t'apprendre en face que je préférais mettre un terme à notre relation.

Lorsqu'il leva les yeux vers elle, il lui parut pour la première fois jeune et vulnérable.

— … que tu voulais que je sorte de ta vie.

— Ce n'était pas facile, tu sais, dit Wendy.

Avec un hochement de la tête, il versa du sucre dans son café.

— Mais tu l'as fait… Et tu as eu raison, ajouta-t-il brusquement. Nous étions des gosses. Que connaissions-nous de nos véritables sentiments, de nos désirs profonds ?

Elle ressentit un petit pincement au cœur.

— Pas grand chose, c'est vrai, dit-elle.

— Bon, n'en parlons plus et soyons amis, d'accord ?

Avec un sourire, elle prit la main qu'il lui tendait. Quand il referma ses doigts chauds sur les siens, un frisson la parcourut. Ils restèrent un long moment à se regarder, les yeux dans les yeux. Puis Seth la lâcha et saisit sa tasse.

— Il paraît que tu es devenue professeur.

Elle sentait encore une douce chaleur courir dans ses veines.

— *Mais oui*, dit-elle en français. Et toi, un menuisier de talent !

Elle s'efforçait de parler d'un ton amical, se rendit compte Seth. A présent qu'ils avaient clarifié la situation, que sa colère était passée, il pouvait l'aider à alléger l'atmosphère. Ils avaient été amis avant de devenir amoureux l'un de l'autre. Il serait content de le redevenir.

— C'est vrai. Je suis même le meilleur menuisier de la ville. A vrai dire, ce n'est pas très difficile… Il n'y en a pas d'autre à Cooper's Corner !

Ils se mirent à rire puis Seth reprit la parole.

— Alors, qu'est-ce qui te ramène au pays ?

Lorsqu'il souriait, il avait toujours cette petite fossette qui l'attendrissait tant autrefois, remarqua-t-elle. De nouveau, son cœur se serra mais elle refusa d'y prêter attention. C'était curieux qu'il l'ait gardée, voilà tout. Maintenant qu'ils avaient fait la paix, Seth pouvait être un bon camarade. Dans cet état d'esprit, elle décida de lui confier la vérité.

— Je suis revenue dans l'espoir de rencontrer quelqu'un… un chirurgien, Rod Pommier. As-tu déjà entendu parler de lui ?

— Pommier ? Oui, bien sûr. D'ailleurs…

Seth se retint à temps de lui dire qu'il le connaissait.

— Il a fait la une de tous les magazines au printemps dernier, reprit-il. Tu aimerais qu'il te réopère ?

Le visage de Wendy parut s'éclairer de l'intérieur.

— Oui. Il a mis au point un procédé qui pourrait changer ma vie. Je n'ai pas beaucoup de connaissances en matière médicale mais…

— Changer ta vie ? Tu marches, c'est l'essentiel, non ?

— Je veux pouvoir skier de nouveau, dit-elle.

— Tu ne le peux pas ?

— Tu plaisantes ?

A son ton froid, il comprit qu'il avait fait une erreur mais laquelle ?

— Non, dit-il, bien sûr que non ! Tu boites un peu mais…

— Cela se remarque vite, en effet, lança-t-elle avec une ironie glaciale.

— Cesse de faire l'idiote ! Lorsque je suis sur les pistes, je vois souvent des skieurs avec toutes sortes de handicaps et…

— Tu me considères comme une handicapée ! lui jeta-t-elle d'une voix mordante.

— Arrête ! Je ne te comprends pas, c'est tout. Si le ski te manque à ce point…

— Si le ski me manque ? Tu n'as jamais rien su de moi, Seth !

— Sans doute pas car j'étais certain que tu avais rechaussé tes skis depuis longtemps.

— Sur des pistes réservées aux débutants peut-être ? Ou mieux, aux infirmes ! Penses-tu vraiment que je pourrais me satisfaire de cela ?

— Ce ne serait qu'une étape…

— Cela ne m'intéresse pas ! Je n'ai pas envie d'aller doucement, de faire attention à chaque bosse ! Je veux skier comme je l'ai toujours fait, voler sur la montagne, participer à des compétitions !

Sidéré, Seth la dévisagea comme si elle avait perdu la raison.

— Tu plaisantes !

— Je parle très sérieusement, au contraire. Si Pommier accepte de me réopérer…

— Il ne prend plus de nouveaux patients à ce que je sais.

— J'ai l'intention de le convaincre de faire une exception…

— Comment vas-tu le rencontrer ?

— J'ai un moyen…

Soudain, elle se pencha en avant.

— Tu ne comprends pas, Seth ? S'il m'opère, si ça marche, je peux retrouver mon niveau d'autrefois en un an d'entraînement, deux au maximum.

— Cela fait beaucoup de « si » ! De plus, même si ce type est capable de réaliser des miracles…

— C'est le mot. Il fait des miracles.

— J'ai lu pas mal d'articles sur lui. Ses interventions sont risquées.

— La vie est risquée.

Seth se passa une main dans les cheveux.

— Pourquoi tiens-tu tant à participer de nouveau à des compétitions ? Tu as été championne, tu as une malle pleine de trophées.

— Il me manque la médaille d'or olympique.

— Tu as encore tes jambes. Cela ne vaut-il pas tous les premiers prix ?

Un long moment, ils se fixèrent en silence. Puis Wendy rassembla ses affaires.

— La seule personne à me comprendre est mon père. C'est d'ailleurs grâce à lui que je vais pouvoir rencontrer Pommier.

— J'aurais dû me douter qu'il tirait les ficelles ! Il est prêt à tout pour obtenir cette médaille. Il t'a poussée comme un fou, au-delà de tes limites. Lorsque tu t'es envolée pour la Norvège, tu étais dans un tel état d'épuisement que je me demande encore comment tu as réussi à monter dans l'avion.

— Tu le crois responsable de mon accident ?

— Exactement.

— Tu as tort.

— J'ai raison.

Seth hésita un instant avant de poursuivre.

— Et puisque nous parlons de lui, je vais te dire le fond de ma pensée. A mon avis, il a été ravi que tu mettes fin à notre relation.

— Ce n'est pas vrai !

— Il n'a jamais vu en moi qu'un gamin sans avenir qui encombrait son chemin vers la plus haute marche du podium.

— Ce n'est pas lui qui a eu envie de rompre mais moi ! Et tu te trompes à propos de ma chute. Tout était ma faute, la mienne exclusivement !

— Très bien.

Sortant son portefeuille, Seth en tira un billet qu'il posa sur la table. Sa colère revenait et il savait que tant qu'il n'aurait pas dit ses quatre vérités à Howard Monroe, elle ne se dissiperait jamais totalement.

— Il t'a lavé le cerveau.

Les yeux de Wendy lancèrent des éclairs.

— Tu n'as pas le droit de proférer de telles inepties !

— J'ai tous les droits ! Cette dernière nuit avant ton départ, tu étais dans mes bras, tu me répétais que tu m'aimais.

Livide, Seth se mit debout.

— Mais tu mentais, tu savais déjà que tu allais rompre avec moi, que tu gagnes ou non cette fichue médaille. L'accident t'a facilité les choses, c'est tout. Il t'a donné un bon prétexte pour m'éjecter de ta vie.

— Espèce de salaud ! Tu n'es qu'un égoïste !

— Bonjour, vous deux ! Je ne vous dérange pas, j'espère ?

D'un même mouvement, Seth et Wendy se retournèrent pour voir Alison debout à côté de leur table, un sourire nerveux sur les lèvres.

— Ecoutez, je vais aller faire un petit tour, pendant, disons, un quart d'heure et…

— Non, répliqua sèchement Wendy.

— Non, renchérit Seth sur un ton encore plus sec. Je partais. Au revoir, Wendy, et longue vie.

Wendy le regarda se diriger vers la porte, l'ouvrir à toute volée et sortir du Burger Barn et — du moins l'espérait-elle — de son existence.

5.

Rodney Pommier était fier d'être un grand chirurgien capable de permettre à des gens, condamnés par la médecine classique à rester infirmes, de retrouver l'usage de leurs jambes. Mais il se serait dispensé avec joie de la célébrité attachée à ces succès.

Depuis toujours, il rêvait d'être médecin. Issu d'une dynastie d'industriels canadiens, il était pourtant destiné à reprendre un jour la direction des sociétés familiales. Mais son père avait accepté sans trop de difficultés la décision de Rod d'embrasser une carrière médicale.

— Il est temps qu'un Pommier consacre sa vie à une cause plus noble que les affaires, lui avait-il dit avant de lui souhaiter de tout cœur de réussir.

Rod se passionnait pour son travail. Contrairement à ce que prétendaient certains, il ne se prenait pas pour Dieu en salle d'opération. Il cherchait seulement à mettre au service des malades son talent pour réparer les os brisés…

« Sa découverte d'une technique de régénération osseuse va bouleverser l'orthopédie », avait écrit avec enthousiasme un journaliste. Peut-être, mais il était trop tôt pour connaître avec précision les tenants et les aboutissants de cette révolution. Il s'agissait d'une chirurgie délicate dont tous les patients ne pouvaient bénéficier. Dans certains cas, elle risquait même de se révéler dangereuse et d'aggraver leur handicap. Le serment d'Hippocrate lui interdisait alors de tenter une telle intervention. Il l'expliquait patiemment à ses malades mais, depuis la parution d'articles sur lui, ils étaient persuadés qu'il maîtrisait parfaitement ce nouveau procédé.

Sous la pression de la directrice de son hôpital, Rod avait accepté de répondre à des interviews, de rencontrer des journalistes, de se faire photographier. Elle espérait évidemment que cette publicité provoquerait un afflux de dons charitables.

Avant de comprendre ce qui lui arrivait, Rod s'était retrouvé à la une des magazines. Depuis, il était harcelé au téléphone, inondé de courrier, il se faisait aborder au restaurant, dans la rue, au supermarché, par des gens qui attendaient de lui un miracle.

Comme si cela ne suffisait pas, sa supérieure hiérarchique lui avait demandé de manière pressante « pour le bien de la médecine » d'augmenter le nombre de ses interventions et d'autoriser les médias à le filmer en salle d'opération. Rod avait alors compris qu'il devait reconsidérer sa vie professionnelle. D'autres hôpitaux lui avaient fait des propositions. Par loyauté, il aurait aimé rester dans l'établissement où il travaillait depuis des années mais ne risquait-il pas d'y perdre son âme ?

Pour se donner le temps de la réflexion, il avait sollicité un mois de congé et décidé de partir skier, loin de la foule et des caméras, évidemment.

Et voilà comment il avait découvert ce village trop petit pour figurer sur une carte, où personne ne brandissait un appareil de photo ou ne lui demandait un autographe dès qu'il apparaissait.

Oh, bien sûr, la plupart des habitants savaient très bien qui il était et il en suspectait même certains de l'aborder avec une idée derrière la tête, comme ce Howard Monroe, par exemple ! Mais Rod avait de bonnes antennes et n'hésitait jamais à refuser un café.

Il se plaisait à Cooper's Corner et se réjouissait d'avoir fait l'acquisition de ce chalet même si l'endroit avait sérieusement besoin d'être rénové. Il s'y sentait bien.

Un vent froid soufflait sur la montagne. La nuit ne tarderait pas à tomber et serait glaciale. Rod tenta en vain d'allumer la chaudière. L'appareil sifflait, crachait mais ne semblait pas vouloir fonctionner. Avec un soupir, il enfila son anorak qu'il avait négligemment jeté sur le canapé et il sortit sur le porche de sa maison.

Le ciel s'assombrissait mais la route qui serpentait jusque chez lui était encore parfaitement visible. Rod aperçut un camion. Il s'agissait sans doute de Seth Castleman. Ils avaient rendez-vous dans un quart d'heure et il avait la réputation d'être ponctuel. Castleman ne se contentait pas d'être un excellent menuisier, il était aussi un homme de confiance.

En songeant à ses patients qui comptaient également sur lui et l'attendaient à New York, la bonne humeur de Rod faiblit un peu... D'ici une dizaine de jours, il devrait réintégrer son poste. La chirurgie — sans projecteurs, sans caméras — était sa passion et il voulait s'y consacrer corps et âme.

Après s'être garé sur le bas-côté, Seth sauta à terre et se dirigea vers lui, la main tendue.

— Bonjour ! J'ai entendu dire que vous aviez finalement acheté ce chalet !

Rod leva les yeux au ciel.

— Tout se sait dans cette ville, si je comprends bien !

— Tout, confirma Seth en riant. Mais, rassurez-vous, les gens respectent la vie privée de leurs voisins.

— Entrez, je vais vous faire faire le tour du propriétaire. Le décor ne paie pas de mine, je vous préviens.

Les mains sur les hanches, Seth le suivit dans la maison. Il inspecta l'ensemble avant d'arpenter lentement la pièce principale.

Rod le dévisagea pour tenter de deviner ses réactions.

— Alors ? Qu'en pensez-vous ?

Seth enregistra l'étroitesse de la salle, la vétusté de l'installation électrique, les fausses poutres, le bar en Formica, la moquette usée. Il se tourna vers les baies vitrées.

— L'intérieur correspond bien à ce que j'imaginais, dit-il. Mais la vue est fantastique !

— Il y a beaucoup de travaux à prévoir, n'est-ce pas ?

— Oui, il vous faudra des années pour en venir à bout mais vous n'êtes pas pressé…

— Lorsque nous en discutions l'autre jour, je pensais m'en occuper moi-même et j'attendais surtout de vous des idées, quelques directives. Mais depuis, j'ai réfléchi. Ce serait de la folie !

— Vous préférez charger quelqu'un du gros œuvre ?

— Oui, j'ai besoin d'un homme de talent, polyvalent, capable de diriger le chantier. Il faut non seulement tout rénover mais la plomberie est entièrement à refaire — comme l'électricité — et la chaudière montre des signes évidents de faiblesse…

Seth hocha la tête. Jusqu'alors, Rod avait envisagé de lui demander conseil, voire un coup de main, mais il comptait retaper lui-même le chalet. Seth était déçu de le voir changer son fusil d'épaule mais pas vraiment surpris. Pommier appartenait d'abord à son métier. Et il n'aurait pas le temps de refaire lui-même les parquets, de replâtrer les murs, d'isoler correctement le chalet, de repeindre les pièces…

Un moment, Rod y avait songé parce qu'un de ses copains chirurgien faisait de la menuiserie en amateur et il lui avait confié à quel point cette activité était reposante. Il avait alors commencé à s'imaginer en artisan tout en sachant quelque part qu'il ne pourrait mener à bien ses projets.

Et à présent, il avait retrouvé son bon sens. Citadin fortuné, il allait certainement s'adresser à un entrepreneur de Boston ou de New York pour les travaux.

— Bien, dit Seth en souriant. Merci de m'avoir prévenu. Et bonne chance.

Comme il s'emparait de son blouson, le médecin se leva.

— A vous aussi et, croyez-moi, vous en aurez plus besoin que moi ! Moi, je me contente de signer des chèques mais vous, vous n'allez pas vous amuser tous les jours.

— Dois-je comprendre que vous voulez me confier la direction du chantier ?

— Qui d'autre pourrait mieux s'en charger que vous ? Pour vous dire la vérité, j'ai pris mes renseignements, je discutais encore de vous avec Clint, hier soir. Pas de doute, vous êtes l'homme de la situation. Marché conclu ?

— Marché conclu !

Les deux hommes se sourirent et se serrèrent la main. Puis Pommier se dirigea vers un frigo antique et en sortit deux canettes de bière.

— Voilà de quoi arroser l'événement ! Désolé, je n'ai pas de verre à vous offrir.

— Ce sera parfait ainsi, assura Seth. A la vôtre !

— Au succès de votre entreprise !

Après avoir trinqué, ils savourèrent leur boisson. Puis Seth s'éclaircit la gorge.

— Merci de m'accorder votre confiance… Seigneur ! J'ai l'impression de parler comme un représentant de commerce !

— Avant de me remercier, attendez de commencer ! Je me demande si je n'ai pas fait une énorme erreur en achetant cette ruine !

— La situation du chalet est exceptionnelle et les fondations sont saines. Il est moins coûteux de le restaurer que d'en construire un neuf…

— Oui, c'est ce que je me répète, acquiesça Rod. De toute manière, c'est vous qui allez devoir vous mettre en quatre pour transformer cette masure en palais ! Quant à moi, je pars quelques jours dans le Vermont mais je repasserai par ici avant de regagner New York. Par la suite, je viendrai régulièrement voir l'avancement des travaux. Et je vous agacerai à vous demander de me laisser planter un clou ou deux.

— C'est votre maison. Vous avez le droit d'y planter tous les clous que vous voulez.

— Ne dites à personne que j'ai l'intention de bricoler. La plupart des gens sont convaincus que les chirurgiens veillent sur leurs mains comme les pianistes. Risquer de les abîmer est à leurs yeux un crime contre la médecine et l'humanité.

— Et vous ne partagez pas cet avis ?

Rod haussa les épaules.

— Bien sûr, je peux me blesser mais je ne m'imagine pas vivre sans prendre un minimum de risque…

— J'ai déjà entendu cet argument mais lorsque l'accident se produit, on regrette parfois cette insouciance…

— Vous avez raison. Certains apprennent à leurs dépens que mépriser le danger peut coûter cher… Pourtant, vous ne me paraissez pas quelqu'un de particulièrement prudent.

— C'est vrai mais c'est peut-être une erreur… Il m'a fallu des années pour le comprendre.

— Vous avez grandi ici ?

— Non, à New York. Je suis arrivé à Cooper's Corner à dix-huit ans.

— Je ne l'aurais jamais cru ! Pourquoi êtes-vous venu vous y installer ? Oh, excusez-moi, Castleman ! Je tiens plus que tout à protéger ma vie privée et je vous pose des questions indiscrètes. Mais votre parcours est tellement surprenant. Tant de gens suivent la direction inverse. Originaires d'un petit village, ils partent s'installer à New York à la première occasion.

— Ce fut votre cas ?

— Je suis canadien et j'ai passé mon enfance dans une ville moyenne de province. J'ai emménagé à New York pour y suivre mes études de médecine et j'y suis resté. Je ne l'ai jamais regretté.

— Quant à moi, je suis né à Brooklyn mais j'y filais un mauvais coton. Je suis venu à Cooper's Corner pour y skier avec des amis. J'y suis retourné l'année suivante… Les citadins aiment bien les sports d'hiver.

— Ne vous croyez pas obligé de m'en parler.

— Cela ne m'ennuie pas. D'ailleurs, c'est une belle histoire. La plupart de mes professeurs me voyaient finir mon existence derrière les barreaux d'une prison. Mais à Cooper's Corner régnait une ambiance qui m'a plu. A la fin de mes études, j'ai cherché du travail dans la région, pensant y rester le temps de faire quelques économies avant de repartir ailleurs. Mais je me sentais bien ici. J'aime la montagne, la douceur de vivre dans un village. J'ai pu louer mes services au remonte-pente…

Soudain le souvenir de Wendy, le jour où il l'avait rencontrée, traversa sa mémoire. Elle avait cassé une de ses courroies de ski et elle s'était assise pour la réparer. Il l'avait prise pour une skieuse comme les autres, ignorant alors qu'elle était une championne. Un grand moment, il avait admiré ses longues jambes moulées dans un fuseau noir, les boucles rousses qui s'échappaient de son bonnet. Affichant son sourire de séducteur — qu'il croyait irrésistible —, il l'avait abordée d'un air faussement décontracté.

— Salut. Tu as besoin d'aide ?

Lorsqu'elle avait levé les yeux vers lui, l'intensité du bleu de ses prunelles lui avait coupé le souffle. Heureusement, il lui restait assez de présence d'esprit pour lui préciser qu'il ne se défendait pas trop mal sur les pistes. Il l'avait dit d'un ton désinvolte pour bien lui faire comprendre qu'en réalité, il se considérait comme un crack. Et, avait-il ajouté, si elle le voulait, il se ferait un plaisir de rafistoler sa courroie et de lui apprendre les rudiments du ski.

Elle l'avait dévisagé d'un air à la fois étonné et amusé.

— Merci beaucoup, avait-elle répondu très poliment. Mais je pense arriver à me débrouiller.

Et avant qu'il ne se ridiculise complètement en lui proposant de lui montrer comment se servir du remonte-pente, elle lui avait expliqué que le reste de l'équipe l'attendait.

L'équipe ? Quand elle s'était levée, Seth aurait voulu disparaître sous terre en découvrant le logo qui ornait le dos de son anorak : « Equipe de ski de la Nouvelle-Angleterre. »

— Castleman ?

Pommier le regardait d'un air interrogateur et Seth sortit de sa rêverie.

— Excusez-moi, dit-il. J'étais perdu dans mes souvenirs. Je me rappelais mes premiers temps à Cooper's Corner…

— Vous avez donc choisi de vous y installer plutôt que d'aller ailleurs. Vous n'avez pas dû faire ce choix à la légère. C'est toujours difficile de prendre la bonne décision mais c'est pire à dix-huit ans, j'imagine.

— C'est vrai. Mais la ville me plaisait et ses habitants aussi.

— Et surtout une jeune fille, non ? J'en suis sûr ! Vous aviez dix-huit ans, vous avez rencontré une charmante demoiselle dont vous êtes tombé fou amoureux et c'est ce qui vous a déterminé à rester ici.

Seth hésita à nier mais quelle importance ? Ils parlaient du passé. Oui, il avait aimé Wendy mais c'était fini maintenant. Evoquer leur ancienne relation lui permettrait peut-être de la remettre dans la bonne perspective…Et peut-être cela l'aiderait-il à cesser de rêver d'elle, de penser tout le temps à elle…

— Vous avez raison. Il y avait bien une fille là-dessous.

— Laissez-moi deviner : dix-sept ans, jolie, en tête de classe…

— Oui, elle était ravissante et brillante, acquiesça Seth en riant. Mais elle était surtout championne de ski.

Rod croisa ses bras sur sa poitrine.

— Wendy Monroe ?

Surpris, Seth fronça les sourcils.

— Comment le savez-vous ?

— Ce n'est pas très difficile. Combien Cooper's Corner a-t-il produit de vedettes depuis dix ans ? J'ai entendu parler d'elle. Elle avait été sélectionnée pour participer aux jeux Olympiques et elle était la gloire de la ville si j'ai bien compris. Et après dix ans d'absence, elle est rentrée au pays.

Seth enfonça les mains dans les poches arrière de son jean.

— Neuf.

— Son nom me disait d'ailleurs quelque chose. Sauf erreur de ma part, elle m'a écrit, il y a quelque temps.

— C'est exact.

— Vous étiez au courant ?

— Pas à ce moment-là. Je n'avais plus de nouvelles de Wendy depuis très longtemps. Mais je l'ai vue dernièrement et elle m'a confié avoir pris contact avec vous.

— Elle me demandait un rendez-vous mais j'ai refusé. Je ne prends plus de nouveaux patients… Quelle drôle de coïncidence, ajouta-t-il soudain. Elle me contacte, je viens passer mes vacances ici et elle revient justement à ce moment-là, après s'être expatriée des années… Et comme par hasard, le type qui va s'occuper de restaurer ma maison est son petit ami !

— Son ex-petit ami, corrigea Seth. Vous croyez que Wendy Monroe m'a envoyé ici ?

— Jouons cartes sur table, Castleman. Nous sommes associés sur ce projet et je vous considère comme un ami mais sachez que je ne mélange jamais ma vie professionnelle et ma vie personnelle.

— Vos insinuations sont une insulte, répliqua froidement Seth. Si vous pensez que je vous ai proposé mes services afin d'obtenir une faveur pour Wendy, trouvez un autre menuisier pour vos travaux, je me retire de l'affaire.

Attrapant ses gants sur la table, il tourna les talons.

— Attendez un instant !

— Non, répliqua Seth en se dirigeant vers la porte. Ce n'est pas moi qui suis venu vous chercher, Pommier. Et je ne supporterais pas de travailler pour quelqu'un qui ne me fait pas confiance.

— Vous m'avez mal compris, dit Rod avec douceur. Ou peut-être me suis-je mal exprimé. Essayez de vous mettre à ma place. J'ai vu des gens camper devant ma porte à New York. Même le type qui a réparé l'ascenseur a essayé de me convaincre d'opérer une de ses sœurs… Désolé, je vous présente mes excuses. Je voulais seulement vous dire que je ne changerai pas d'avis à propos de votre petite amie. Comme je le lui ai écrit, je ne prends plus de nouveaux patients.

— Vous avez la mémoire courte, Doc ! Elle n'est plus ma petite amie. Et si vous me prenez pour un fourbe, restons-en là.

Pommier émit un rire triste.

— Vous pensez que je deviens parano, hein ?

— C'est sans doute une réaction normale à ce que vous avez enduré depuis des mois.

— Un jour, je vous parlerai de cette grand-mère de quatre vingts ans qui s'est introduite dans mon bureau déguisée en infirmière. Elle avait entendu dire que je faisais des miracles — ce furent ses mots, pas les miens — et elle voulait que je l'aide à retrouver la souplesse de ses vingt ans…

Seth éclata de rire, bientôt imité par Rod.

— Je suis désolé ! s'exclama ce dernier. Je sais pertinemment que vous n'êtes pas le genre d'homme à solliciter un service personnel à quelqu'un. Je ne comprends pas comment j'ai pu vous soupçonner.

— Vous vous trompez, répliqua Seth. Je pourrais vous le demander mais je ne le ferais pas sournoisement. Si j'avais envie que vous opériez Wendy, je l'exprimerais franchement. Je vous exposerais mes raisons et je vous laisserais prendre la décision qui vous paraîtrait la meilleure.

— Si vous étiez toujours avec elle, oui, cela serait cohérent.

— Cela n'a aucun rapport avec ma relation avec elle. J'ai lu quelques articles sur votre procédé. Je sais qu'il est encore au stade expérimental et présente beaucoup de risques.

— C'est vrai. Je l'explique d'ailleurs à chaque patient mais…

— Mais ils veulent tenter l'opération à tout prix.

— Il faut les comprendre. Si vous étiez paralysé, incapable de vivre normalement, vous auriez l'impression de n'avoir rien à perdre…

— Mais Wendy marche et elle peut tout faire sauf skier à 200 km à l'heure ! Mais voilà, le type qui l'entraîne depuis sa naissance ne supporte pas de la voir renoncer à la compétition ! Je parierais ma fortune que cette intervention est une idée de son père. Elle n'est pas consciente de l'emprise qu'il a sur elle mais tant qu'elle n'aura pas remporté une médaille d'or, elle s'estimera en échec.

— Vous croyez ?

— Je le sais.

— Et que devrait-elle faire, à votre avis ? Renoncer au ski ? S'engager dans une tout autre voie ? Pardonnez-moi, Castleman, mais vous n'êtes pas logique. Vous reprochez à cet homme de décider de l'avenir de sa fille à sa place mais vous faites un peu la même chose que lui…

— Pas du tout !

— Vous m'avez expliqué que si vous vouliez me demander de faire une exception pour Wendy et de l'opérer, vous m'en parleriez mais vous vous en abstenez parce que, selon votre point de vue, elle ne devrait pas subir cette intervention.

— Je n'ai jamais dit cela !

— Peut-être pas. Ecoutez, je pense que nous nous écartons du sujet. Vous êtes menuisier et moi chirurgien. Restons chacun dans nos domaines respectifs, d'accord ?

— Vous avez raison. Alors ? Que faisons-nous pour votre chalet ? Vous préférez un contrat en bonne et due forme ou une poignée de mains vous suffit ?

— Une poignée de main m'ira très bien.

Ils conclurent ainsi le marché.

— A présent, reprit Seth, j'ai besoin de savoir ce que vous voulez, le budget que vous désirez consacrer aux travaux…

— J'ai quelques idées. Pourrions-nous nous revoir, disons, demain matin ?

— Désolé, je serai sur un chantier toute la journée.

— Alors, ce soir ? Profitons-en pour grignoter un morceau au Tubb's Café.

— Très bien.

Comme Seth fermait son blouson et s'apprêtait à partir, il se frappa brusquement le front.

— Pardonnez-moi, j'ai un empêchement pour ce soir. J'ai failli l'oublier !

— Rendez-vous amoureux, je parie ?

Seth sourit sans répondre. En effet, il avait promis à Jo de l'emmener dîner pour s'excuser de l'avoir un peu négligée ces temps derniers. Elle avait téléphoné plusieurs fois, espérant le voir. Il savait qu'il devait rompre avec elle bientôt.

Jo méritait un homme prêt à s'engager avec elle et ce ne serait pas lui. Une autre femme hantait ses pensées et il n'avait pas le droit de faire souffrir une fille aussi gentille, aussi bien que Joanne.

Posant sur Seth un regard pénétrant, Rod poursuivit.

— Bon, pas de problème. Je m'en vais demain pour le Vermont — on m'a parlé de pistes noires qui valent le détour — et je vous passerai un coup de fil à mon retour.

— D'accord.

Les deux hommes sortirent de la maison. Le soleil était couché et l'obscurité presque complète.

Seth regarda le ciel en remontant le col de son blouson.

— Il va neiger, cette nuit.

— C'est en effet ce qu'ils ont annoncé à la météo.

— Pour une fois, ils ne se trompaient pas. Si vous en êtes d'accord, je vais contacter Bob Ziller et lui demander de jeter un œil à la chaudière.

— C'est vous qui voyez ce qu'il y a à faire.

D'un même pas, ils se dirigèrent vers leurs véhicules respectifs. Leurs bottes s'enfonçaient dans la neige. Soudain, Rod se tourna vers Seth.

— Lorsque j'étais à l'université, j'ai participé à la rédaction du journal du campus. Au gré des besoins, j'écrivais des articles économiques, politiques ou des éditoriaux. Et vous n'allez jamais

74

le croire, je me suis même chargé du courrier du cœur, pendant plusieurs mois.

— Pommier, cette histoire est passionnante mais je suis en train de geler. De plus, je dois rentrer me préparer et…

— Pour votre rendez-vous galant, oui, vous me l'avez déjà dit. Mais à mon avis, vous vous êtes trompé de petite amie.

— De quoi parlez-vous ?

— Je répondais à mes lecteurs dans le domaine sentimental sous le pseudo « Tante Augusta ». En avez-vous déjà entendu parler ?

— Grâce à Dieu, non !

— Je voulais juste vous donner mes références, mon expérience en la matière, au cas où vous auriez mis en doute la validité de mes conseils.

— Et quels sont-ils ?

— Votre histoire avec cette Wendy Monroe n'est pas terminée, Castleman.

— Il y a dix minutes, vous vous prétendiez chirurgien. A présent, vous jouez les cartomanciennes…

— Je suis à la fois médecin et Tante Augusta, répliqua Rod en souriant. Aussi je vous l'affirme, vous éprouvez toujours quelque chose pour cette fille.

— Vous vous trompez.

— Rarement.

Seth chercha une réplique pour le convaincre du contraire mais le souvenir de Wendy le jour où il avait fait sa connaissance revint le hanter.

— Vous vous trompez, répéta-t-il mais si doucement que Pommier ne put l'entendre.

6.

Gina Monroe se faisait du souci.

Le retour de Wendy la rendait folle de joie mais elle sentait que sa fille était malheureuse. Le déjeuner avec Alison n'avait pas amélioré la situation. Wendy en était revenue complètement abattue.

— Tu t'es bien amusée, chérie ? lui avait lancé Gina lorsqu'elle était rentrée.

— Oui.

Sans ajouter un mot, elle était montée dans sa chambre. Gina avait eu envie de la suivre, de la prendre dans ses bras et de lui demander ce qui n'allait pas mais son instinct l'en avait empêchée. Quand, beaucoup plus tard, Wendy avait réapparu, elle avait les yeux rouges et les traits décomposés comme si elle avait pleuré. Gina devinait la profonde tristesse de sa fille mais n'en comprenait pas la cause. Il ne s'agissait certainement pas de Seth. Sa visite impromptue avait provoqué la colère de Wendy, pas son chagrin.

Les jours suivants, la jeune femme avait semblé reprendre le dessus mais elle se montrait plus silencieuse qu'à l'accoutumée. Gina préféra ne pas l'interroger mais un soir, au moment de se coucher, elle fit part de ses inquiétudes à Howard.

— Wendy ne va pas bien, même si elle prétend le contraire.

— Bien sûr, chérie. Sa jambe…

— C'est plus grave que cela.

— Elle est impatiente, voilà tout ! Elle tient à rencontrer ce Dr Pommier au plus vite. Je me démène comme un fou pour lui arranger un rendez-vous mais…

Gina n'avait aucune envie de discuter du Dr Pommier. Sur le sujet, elle était en totale opposition avec son mari.

— Je suis sûre que tu fais de ton mieux.

— Oui, mais il est parti quelques jours pour le Vermont. Cela dit, comme il a acheté un chalet par ici, je…

— Quel chalet ?

— Celui des Sullivan, dans la montagne. Clint m'en a parlé. D'après lui, Pommier a confié la direction du chantier à Seth Castleman. C'est incroyable, non ?

— Cela ne m'étonne pas. Seth est un très bon artisan, très doué de ses mains. Et il a la capacité de gérer une équipe. Regarde ce qu'il a fait au bed and breakfast !

— Oui, c'est vrai, acquiesça Howard d'un ton froid.

Lorsque Wendy sortait avec Seth, elle avait toujours senti une certaine tension entre les deux hommes.

« Wendy est trop jeune pour s'engager avec quelqu'un », répétait Howard.

Gina lui rappelait alors qu'elle n'avait que dix-huit ans quand elle s'était fiancée avec lui. Mais elle savait que l'âge de Wendy n'était pas en cause. Howard craignait qu'en étant amoureuse, leur fille néglige sa carrière de skieuse.

A présent, la carrière de Wendy était terminée comme ses relations avec Seth…

Howard posa son journal.

— Je vais trouver un prétexte pour passer aux Chênes Jumeaux, un de ces soirs. Avec un peu de chance, Pommier sera rentré et…

— Je continue de penser que c'est une mauvaise idée.

— C'est le souhait de Wendy, chérie.

— Ne devrions-nous pas plutôt l'aider à renoncer au ski, à ne pas s'obstiner dans une voie sans issue ? Il n'y a pas que les compétitions

dans la vie ! Wendy a de multiples talents. Elle sait peindre, écrire…
Tu te souviens des histoires qu'elle imaginait, autrefois ? J'ai gardé les
cahiers sur lesquels elle les notait.

— Elle veut skier de nouveau.

— Mais si c'est impossible ? Mesures-tu les risques énormes d'une
nouvelle intervention ?

— Bien sûr ! Et jamais je ne la laisserai courir le moindre danger,
n'en doute pas. Le chirurgien nous donnera son avis.

Secouant la tête, elle le dévisagea.

— Tu aimes Wendy autant que moi. Voilà pourquoi je ne comprends
pas ta position…

— Contrairement à toi, je me mets à sa place ! Je sais ce que c'est
qu'être à un haut niveau sportif et pourtant je n'ai jamais atteint le sien,
je n'ai même pas participé aux compétitions nationales mais elle…

— Il n'y a pas que les championnats dans la vie ! répéta-t-elle.

— C'est vrai. L'important dans l'existence est de réaliser son rêve
et si celui de notre fille est de remonter en haut des pistes, je ferai tout
pour l'y aider.

— A n'importe quel prix ? Sans te soucier des conséquences ?

C'était la première fois que Gina s'opposait aussi ouvertement à son
mari mais elle ne pouvait retenir plus longtemps sa colère. Elle vit son
visage se décomposer.

— Gina, comment oses-tu dire cela ? Crois-tu vraiment que je vais
l'encourager à se faire réopérer si le médecin n'est pas sûr à cent pour
cent de pouvoir le faire sans danger ?

Rien sur terre n'était sûr à cent pour cent. La chute de Wendy ne
l'avait-elle pas prouvé ?

Gina hésita à le rappeler à Howard mais elle venait de le blesser et
préféra ne pas insister. Elle le sentait déchiré entre son désir de protéger
leur fille et son envie de la rendre heureuse. Avec un soupir, elle l'enlaça
et le tint serré contre elle jusqu'à ce qu'il s'endorme.

Les yeux ouverts dans l'obscurité, elle repensa à leur discussion.
Howard avait en partie raison. Les interrogations de Wendy à propos

de ce rendez-vous avec Pommier la rendaient nerveuse… Et pourtant, il y avait autre chose, Gina en était persuadée.

Le lendemain soir, Howard annonça qu'il sortait un moment. Il se rendait certainement aux Chênes Jumeaux, même s'il ne le précisa pas. Gina s'installa avec Wendy dans le salon. Comme sa fille prenait un magazine, elle alluma le poste de télévision et regarda d'un œil distrait une émission de variétés. Après un moment, elle coupa le son et se tourna vers Wendy.

— Qu'est-ce qui ne va pas, chérie ?

Pas très subtile comme approche, se reprocha-t-elle. Mais au moins avait-elle mis le sujet sur le tapis.

— Rien, maman. Je veux dire : rien de particulier. Je me demande si papa va réussir à rencontrer le Dr Pommier.

« Ne me fais pas prendre des vessies pour des lanternes », songea Gina.

— J'ai l'impression que quelque chose d'autre te tracasse, quelque chose de plus personnel… Depuis ce déjeuner avec Alison, je te trouve anormalement silencieuse. J'aurais cru que la revoir te ferait du bien mais tu en es revenue très déprimée et ça n'a pas l'air de s'arranger.

— Je suis sans doute fatiguée, le décalage horaire…

— Tu as atterri il y a plus d'une semaine ! As-tu parlé de Seth avec Alison ?

Cette intuition lui avait traversé l'esprit et elle l'avait évoquée sans réfléchir. A l'expression de sa fille, elle comprit qu'elle avait visé juste.

— Pourquoi diable aurions-nous discuté de lui ?

— Tu venais de te disputer avec lui ! Aussi aurait-il été naturel de raconter à…

— Absolument pas ! Nous n'en avons pas dit un mot !

— Je ne veux pas t'embêter, chérie. Je me fais simplement du souci pour toi.

— Il n'y a aucune raison de t'inquiéter. Mon histoire avec Seth est terminée depuis des années. Il sort d'ailleurs avec une autre femme et c'est parfait ainsi.

— Apprendre qu'il avait une petite amie t'a bouleversée, n'est-ce pas ?

— Pas du tout ! Pourquoi le serais-je ?

Avec nervosité, elle se mit à feuilleter sa revue.

— Je n'ai plus envie de parler de lui, d'accord ?

— D'accord.

La mère et la fille restèrent un moment silencieuses. Gina faisait mine de s'intéresser au programme télévisé, Wendy de lire son magazine. Lorsqu'une heure plus tard Howard rentra chez lui, Wendy tourna vers lui un regard plein d'espoir.

Mais Pommier n'était pas aux Chênes Jumeaux. Et Gina, malgré sa culpabilité, pria silencieusement pour qu'il reparte au plus vite à New York.

Toutes les interventions chirurgicales présentaient des dangers. Malgré les affirmations de Wendy, Gina doutait que la possibilité de reprendre les compétitions soit le cœur du problème. Quelque chose d'autre perturbait sa fille, quelque chose de moins visible que sa jambe mais de plus profond.

Peut-être avaient-elles besoin de se retrouver en tête à tête toutes les deux pour parler entre femmes, comme elles le faisaient de temps en temps quand Wendy était au lycée. Chaque fois qu'elles avaient ainsi partagé un repas ou une glace, autrefois, elles avaient passé un excellent moment à rire et à discuter.

Oui, bonne idée ! songea Gina. Dès demain, elle allait réserver une table pour dîner. Wendy ne pourrait pas refuser.

*
**

Gina avait choisi le restaurant avec soin. La cuisine du Purple Panda était délicieuse, le cadre chaleureux et il fallait plus d'une demi-heure pour s'y rendre. Elle voulait avoir le temps de bavarder avec Wendy et espérait qu'un long trajet à la nuit tombante créerait un climat propice aux confidences.

Malheureusement, elle se trompait. Sa fille ne desserra pas les dents dans la voiture. Gina en fut réduite à parler toute seule de tout et de rien, Wendy se contentant de répondre par monosyllabes.

Gina fut soulagée d'atteindre Stockbridge et bientôt l'établissement.

— Nous y sommes, s'exclama-t-elle d'un ton enjoué. Je suis contente de dîner avec toi ici, ce soir. Depuis ton retour, le temps a semblé filer comme l'éclair.

— C'est vrai. Et puis, tes élèves sont en période d'examens, non ? Tu dois être débordée…

C'était la première phrase complète de Wendy depuis leur départ et Gina s'empressa d'enchaîner :

— Quand je pense à toutes ces corrections qui m'attendent !

Comme elles sortaient de la Volvo, elle lui prit le bras.

— Attention, le trottoir est glissant.

La nuit était froide, la neige crissait sous leurs pas. Wendy se tourna vers sa mère.

— Je pourrais te donner un coup de main, si tu veux.

— Voilà qui me rendrait un fier service ! J'accepte avec plaisir. J'espère que tu ne me le proposais pas par politesse !

— Pas du tout. En fait, je cherche du travail.

— Un travail ? Mais…

Elles arrivaient devant le Purple Panda. Lorsqu'elles poussèrent la porte, des clochettes tintèrent joyeusement.

— Je ne vais pas rester ici très longtemps, c'est vrai. Mais papa m'a dit que les propriétaires du bed and breakfast…

— Clint et Maureen.

— Oui, ils ont besoin de quelqu'un pour les aider le soir à prendre les appels téléphoniques, à servir du café ou du vin aux hôtes…

— Ce serait bien, en effet, acquiesça Gina avec précaution. Et te permettrait de sortir un peu, de voir des gens.

— Et surtout Pommier, avec un peu de chance.

— Oh, Wendy !

Sans répondre, la jeune femme s'écria d'une voix joyeuse :

— Ça sent bon ici ! Sais-tu quel est le plat du jour ?

« Elle tente de faire diversion », pensa Gina mais elle se félicita que Wendy s'efforçât d'afficher meilleure figure.

— Une côte de bœuf au poivre vert.

Beaucoup de monde entrait dans l'établissement. S'emparant de la main de sa fille, Gina se fraya un chemin vers l'hôtesse d'accueil.

— Bonsoir, nous avons réservé une table pour deux personnes au nom de Monroe.

— Elle sera prête dans un instant. Voulez-vous un apéritif pour patienter ?

Le bar était également bondé mais elles réussirent à se faire une petite place et commandèrent un verre de vin.

— J'aime beaucoup cet endroit, dit Wendy. Le zinc me rappelle Paris.

— La cuisine aussi le fera. Enfin, ce n'est pas vraiment un restaurant gastronomique mais c'est bon. Je suis venue ici la première fois avec ton père. Lorsqu'il a ouvert le menu, il n'a pu réprimer une grimace à la vue du nombre de soupes, de salades proposées, et dès que nous sommes rentrés, il est allé droit à la cuisine se confectionner un sandwich !

Heureuse de voir sourire sa fille, Gina continua de parler d'un ton léger de sujets sans importance. Wendy semblait se détendre. Sur la route, Gina avait craint de passer avec elle un repas en silence, mais la soirée allait bien se dérouler.

Nonchalamment, elle fit tourner son vin dans son verre.

— T'ai-je dit à quel point je me réjouis de ton retour ?

— Juste un millier de fois, répondit Wendy en riant.

— C'est une telle joie de me réveiller le matin et de savoir que tu es dans la pièce à côté, que je n'ai pas à me demander avec angoisse où tu es, ce que tu fais…

Wendy prit la main de sa mère.

— Pour moi aussi.

— C'est vrai ? Paris ne te manque pas ? C'est une si belle ville !

— Mais je n'y étais pas chez moi. Honnêtement, je suis contente d'être revenue.

Elle ne mentait pas. Elle était contente d'être de nouveau chez elle. Pourtant, elle sentait comme un poids dans sa poitrine, une sorte de mélancolie dont elle ne parvenait pas à se défaire. Toute la semaine, sa mère l'avait suppliée de lui dire ce qui n'allait pas mais elle l'ignorait elle-même. Sans doute cela provenait-il de son impatience à rencontrer Pommier mais, au plus profond d'elle-même, elle savait qu'il ne s'agissait pas uniquement de cela.

Depuis son arrivée, Gina lui répétait qu'elle avait besoin de sortir, de voir du monde. Peut-être avait-elle raison. C'était agréable d'être dans ce restaurant, entourée de rires, dans une bonne odeur de cuisine. Quelle idiote avait-elle été de s'inquiéter de ce que penseraient les gens en remarquant sa jambe ou de se soucier de sa réaction en retrouvant Seth !

Elle n'avait rien éprouvé. Il l'avait seulement mise en colère. Il était tellement buté ! Une vraie tête de mule ! Toujours aussi arrogant et si…

— Mesdames, votre table est prête, annonça une serveuse.

— Formidable ! Tu viens, chérie ?

Leurs verres à la main, elles suivirent l'hôtesse qui les installa près de la cheminée.

— Nous sommes bien placées, s'exclama Gina. D'ici, tu peux voir la salle et profiter de la chaleur du feu.

— Alors, qu'y a-t-il de bon ? s'interrogea Wendy en ouvrant la carte.

— Tout est délicieux ! assura Gina, toute contente de voir sa fille détendue. Pour te réchauffer, je te conseille une soupe de pois pour commencer, c'est un régal. A moins que tu ne préfères une bisque de homard…

— Oui, c'est ce que je vais prendre.

Elle referma le menu et s'éclaircit la gorge.

— Merci de m'avoir amenée ici, maman.

— Cela me fait tellement plaisir !

— Tu avais raison : j'avais tort de rester cloîtrée à la maison, à broyer du noir toute seule. Sortir un peu me fait du bien.

Après avoir passé leur commande, elles bavardèrent gaiement en attendant leurs plats.

Depuis l'accident, songea Gina avec émotion, elles n'avaient jamais eu l'occasion de se retrouver toutes les deux. Elle tenta de refouler les larmes qui montaient à ses yeux mais Wendy les remarqua.

— Qu'est-ce qui ne va pas, maman ?

— Rien, assura Gina. Je pensais simplement à quel point il était bon de dîner avec sa fille préférée.

— Avec ta fille unique, corrigea Wendy en souriant.

Elles dégustèrent leur soupe en silence puis Wendy reprit la parole.

— Je crois que je ne t'ai pas beaucoup parlé de mon travail à Paris, de la manière dont j'enseignais l'anglais à ces petits Parisiens…

« Tu ne m'en as pas dit un mot », pensa Gina.

— Non, en effet.

— Après leur avoir donné quelques bases de vocabulaire et de grammaire, je les ai encouragés à s'exprimer dans notre langue. Cela marchait bien, ils ont très vite progressé. Et un jour, une de mes collègues m'a demandé de quelle méthode je m'inspirais pour faire mes cours. Je lui ai expliqué que je n'en avais pas, que je suivais l'inspiration du moment, sans plan préalable. J'essaie, actuellement, de faire de même dans l'existence, de prendre les événements comme ils se présentent, au jour le jour. Aujourd'hui, une opportunité s'offre à moi, maman, et je voudrais que tu ne t'y opposes pas.

— J'aimerais seulement être certaine que cette opération est la bonne solution. Tu comprends ?

— Tout à fait. Mais il s'agit de ma vie. J'ai envie d'être de nouveau moi.

— Mais tu l'es, chérie ! Ton accident n'y a rien…

— J'ai déçu tout le monde ! Mon équipe, ma ville, mon entraîneur, papa et toi…

— Pas du tout ! En tout cas, tu ne m'as pas déçue, moi !

— Et j'ai surtout laissé tomber…

Seth.

D'abord, Wendy eut peur d'avoir prononcé son nom mais sa mère continuait de la dévisager, attendant la suite. Elle serra les lèvres, horrifiée d'avoir failli se trahir. Personne ne devait connaître la vérité.

Si elle ne se reprenait pas très vite, elle allait exploser en sanglots. Elle n'avait pas seulement réduit à néant les espérances de son entourage, elle avait surtout détruit le seul rêve vraiment important. Pas celui que son père nourrissait pour elle, mais le vrai rêve, son rêve secret…

Repoussant sa chaise, Wendy posa sa serviette et se leva. D'un geste, elle empêcha sa mère de l'imiter.

— Non, non, maman, ne bouge pas… J'ai besoin d'aller aux toilettes, je reviens tout de suite.

C'est alors qu'elle l'aperçut et elle sentit le sang se retirer de son visage.

Il est impossible de tout prévoir dans la vie mais dans une région aussi petite que la Nouvelle-Angleterre, elle aurait dû au moins imaginer la possibilité de tomber par hasard sur Seth, main dans la main avec celle qui l'avait remplacée.

Cela n'aurait rien changé.

Rien n'aurait pu la préparer au choc de le voir avec une autre femme, ni à la douleur aiguë qui lui broya aussitôt le cœur.

7.

Il n'y avait personne dans les lavabos à l'exception d'un gros panda en peluche mauve. Il fixait Wendy de ses grands yeux de verre tandis qu'elle s'aspergeait le visage d'eau pour tenter de se calmer.

La tête légèrement penchée, le panda semblait lui sourire.

— Tu trouves cela drôle ? lui lança Wendy.

Qu'il était donc ridicule de se mettre dans des états pareils à la simple vue de Seth en compagnie d'une autre femme ! pensa-t-elle. En revenant à Cooper's Corner, elle s'était préparée à le rencontrer à tout bout de champ et cela s'était déjà produit.

Alors pourquoi en était-elle bouleversée à ce point cette fois-ci ? Il était avec sa nouvelle petite amie. Et alors ? C'était son droit le plus strict. Quoi de plus normal pour lui d'emmener dîner sa compagne ? Tous deux étaient en si grande conversation que Seth n'avait même pas remarqué sa présence…

Dans la glace, elle détailla avec ennui ses traits défaits, son regard brillant de larmes.

« Le passé, c'est le passé », se répéta-t-elle.

— Si j'avais reçu un dollar à chaque fois que j'ai prononcé cette phrase cette semaine, je serais milliardaire, dit-elle au panda.

Brusquement, la porte des lavabos s'ouvrit sur une adolescente. En la voyant s'adresser à une peluche, elle considéra Wendy d'un air étrange. Cette dernière hésita à lui expliquer la situation puis y renonça. Avec une profonde inspiration, elle s'obligea à faire bonne figure, afficha un sourire sur ses lèvres et retourna dans la salle de restaurant.

Elle glissa un œil vers la table de Seth. Penché en avant, il serrait toujours la main de sa compagne. Il était si focalisé sur elle qu'il en occultait tout le reste.

Détournant la tête, Wendy revint près de sa mère qui l'attendait, le visage décomposé.

— Ma pauvre chérie, j'ai vu ce qui t'a bouleversée. Seth…

Wendy reprit sa cuillère avec calme. La soupe, qui lui paraissait délicieuse il y a un instant, lui sembla insipide.

— Ne dramatise pas, s'il te plaît ! J'ai été… un peu surprise, voilà tout.

— Nous voulions passer une bonne soirée. Allons ailleurs !

— Non ! Pas question de partir, ce serait une fuite ! Comme tu me le faisais remarquer tout à l'heure, j'ai besoin de sortir et de rencontrer du monde, maman. Nous sommes très bien dans ce restaurant et je refuse d'en sortir sous prétexte que mon ancien petit ami y dîne avec une autre.

Gina n'avait pas l'air convaincue.

— Tu en es sûre ?

— Oui. Parle-moi plutôt de ton école. Est-elle toujours dirigée par ce type odieux dont j'ai oublié le nom ?

— Il a été muté et nous avons un nouveau directeur, répondit sa mère à contrecœur.

Habilement, Wendy l'interrogea sur l'équipe enseignante. Il lui fallut insister un peu mais Gina était passionnée par son métier et lui exposa bientôt avec fougue les projets pédagogiques de son établissement.

Wendy hochait la tête, faisant mine de s'y intéresser. Mais malgré ses efforts, la table de Seth et de sa compagne l'attirait comme un aimant.

Elle ne voyait la femme que de dos, ses longs cheveux blonds épais et soyeux. Elle était sans doute très belle. Seth avait toujours attiré les jolies filles. Il n'était pas conscient de son pouvoir de séduction, à croire qu'il ne s'était jamais aperçu dans un miroir.

Autrefois, lorsqu'il travaillait au remonte-pente, il était la coqueluche de toutes les skieuses qui ne savaient quoi inventer pour attirer son attention. Wendy l'avait souvent taquiné à ce sujet. Mais en vérité, depuis le début, tous deux n'avaient d'yeux que l'un pour l'autre.

— Accompagne-moi un jour en classe, poursuivait Gina, et tu verras…

Avec un hochement de tête, Wendy relança d'une question la conversation.

Mais elle voyait surtout que Seth et elle étaient trop jeunes pour comprendre que cela n'aurait pas marché entre eux. Ils étaient trop différents. A l'époque, elle rêvait de décrocher une médaille d'or aux jeux Olympiques tandis que lui aspirait à une vie paisible avec elle. Et la suite avait prouvé que leurs espoirs respectifs étaient inconciliables. Son rêve avait détruit celui de Seth. Une mauvaise chute avait réduit à néant leur avenir commun.

Des années auparavant, elle avait pris la décision de rompre. Et cela semblait avoir réussi à Seth. Il s'en était remis, avait renoncé à son travail temporaire sur les pistes et était devenu un artisan talentueux. Au fond d'elle-même, elle avait toujours su que sa carrière avait freiné Seth sur le plan professionnel. S'ils s'étaient mariés, les compétitions seraient restées une priorité.

A présent, il avait trouvé un métier passionnant, un nouvel équilibre et une autre femme à aimer.

— Maman, s'enquit-elle soudain. Comment s'appelle-t-elle ?

Sa mère jeta un bref coup d'œil à la table voisine, détourna la tête et repoussa son assiette.

— Qui ? dit-elle avec un regard innocent.

— Je t'en prie…

— Joanne, Joanne Cabot. Et ne me demande de détails parce que je ne les connais pas.

— Que fait-elle ? Elle vit à Cooper's Corner ? Depuis combien de temps est-elle avec Seth ?

— Elle est secrétaire de mairie et habite New Ashford. Je crois qu'ils sortent ensemble depuis quelques mois.

— Je suis contente qu'il soit heureux.

— C'est vrai ?

— Oui, pourquoi ne le serais-je pas ?

Mais en vérité, voir Seth dévorer cette femme des yeux, comme il la dévisageait, elle, la dernière nuit avant son départ — lorsqu'il l'avait suppliée de renoncer aux Jeux et de l'épouser — lui faisait très mal.

Seth, pensa-t-elle. Oh, Seth !

Comme s'il l'avait entendue, il leva la tête et son regard s'écarquilla en la découvrant. Sa compagne — Joanne — dut s'en apercevoir parce qu'elle se retourna.

A la vue de Wendy, elle devint toute pâle et libéra sa main de l'emprise de Seth. Ils échangèrent quelques mots d'un air ennuyé.

Wendy repoussa sa chaise.

— Que fais-tu, chérie ? demanda Gina avec inquiétude.

— Je vais leur dire bonsoir.

— Ce n'est peut-être pas une bonne idée.

— Je suis certaine du contraire. Ils ont remarqué ma présence et semblent gênés. C'est idiot. Il n'y a aucune raison pour eux comme pour moi de se sentir mal à l'aise. Nous sommes de grandes personnes.

C'était un mensonge. Une adulte ne tremblerait pas autant en se dirigeant vers eux.

— Bonsoir, s'exclama-t-elle d'un ton enjoué. Je vous ai vus et j'ai pensé venir vous...

A son approche, Seth fronça les sourcils et se leva.

— Wendy, dit-il à voix basse. Ce n'est pas le bon moment.

Le sourire de façade de Wendy s'évanouit. Elle s'apprêtait à répliquer qu'ils devaient se comporter avec maturité quand Joanne émit un petit sanglot, sauta sur ses pieds et se précipita vers la sortie. Étouffant un juron, Seth posa à la hâte des billets sur la table et courut après elle.

Wendy entendit presque le silence qui tomba dans la salle. Les clients s'efforçaient de ne pas se tourner dans sa direction. Elle aurait voulu disparaître sous terre, devenir invisible. Mais bravement, elle revint près de sa mère. Gina était déjà debout, le manteau de Wendy sous le bras.

— Partons, décida-t-elle. Je te retrouve dehors, je vais chercher la voiture.

S'obligeant à regarder droit devant elle, Wendy la suivit.

La nuit était froide, noire, et la jeune femme en éprouva un intense soulagement. L'obscurité l'enveloppait d'un voile anonyme, le froid était un baume à son humiliation cuisante. Remontant le col de son manteau, elle fit quelques pas sur le trottoir, loin des gens et des lumières du restaurant.

L'esprit en déroute, elle se remémora tous ces yeux braqués sur elle. La salle entière avait vu son embarras, sa défaite, sa fuite. Quelle honte !

— Wendy ?

Elle porta la main à sa gorge. Seth sortait de l'ombre. Il était la cause de sa mortification, de son désespoir, et une bouffée de rage la saisit.

— Va-t'en !

— Wendy, je t'en prie ! Tu es bouleversée.

— On le serait à moins ! Tu m'as ridiculisée en public !

D'un geste calme, Seth la saisit par les épaules.

— Je suis désolé. Mais pourquoi es-tu venue à notre table ? Cela a aggravé une situation délicate.

— Pour réagir en adulte, figure-toi ! Mais toi, tu t'es comporté en enfant gâté !

Seth resserra son emprise.

— Je savais que tu étais là.

— Voilà pourquoi j'ai voulu vous saluer.

— Dès que tu es entrée dans le restaurant, j'ai senti ta présence. Ne prends pas cet air étonné ! Cela n'a rien de surprenant ! Mais je devais m'occuper de Jo, tu comprends ?

— Comme c'est gentil de ta part ! A présent, écarte-toi de mon chemin.

— Je n'osais pas te regarder. Si nos yeux s'étaient croisés, je n'aurais pas cessé de te dévisager.

— Les hommes qui invitent une femme à dîner et en reluquent une autre portent un nom, Seth. Où est ta petite amie ? Quelle excuse lui as-tu donnée pour la laisser seule dans ton camion ?

— Jo est partie. Elle m'avait rejoint ici avec sa voiture.

— Tu lui diras bien qu'elle n'a rien à craindre de moi et n'avait pas besoin de s'enfuir à ma vue. Le champ est libre et depuis longtemps.

A ces mots, Seth blêmit de fureur.

— Vas-tu m'écouter, Wendy ? C'est à cause de Jo que je n'ai pas pu me montrer plus aimable envers toi tout à l'heure. C'est une femme merveilleuse. Elle est si gentille, si généreuse, et...

— Je suis ravie de l'apprendre mais, excuse-moi, sa personnalité ne m'intéresse pas trop, en fait.

— Elle se soucie beaucoup de moi et... je viens juste de rompre avec elle.

Les yeux de Wendy s'agrandirent de stupeur.

— Tu as fait quoi ?

Avec un soupir, Seth promena ses doigts dans les cheveux de Wendy. Elle se souvint qu'il avait toujours ce geste lorsqu'il était ému.

— C'est ce que tu as interrompu, dit-il avec un pâle sourire. Pendant toute la première partie du repas, j'essayais de trouver le courage de lui parler. J'étais en train de lui annoncer ma décision lorsque tu as surgi à notre table.

Submergée par une myriade d'émotions, Wendy dut prendre appui contre le mur. Une étrange allégresse la traversa soudain. Elle la réprima aussitôt et son cœur s'emplit de compassion pour cette femme qu'elle ne connaissait pas et pour celui qui avait un jour été son amoureux.

— Je suis désolée. Je n'imaginais pas un instant que…

— Elle voulait que je m'engage plus sérieusement avec elle mais je ne le pouvais pas. Elle mérite mieux que ce que j'ai à lui offrir. Et juste au moment où je lui expliquais qu'il valait mieux ne plus nous voir, j'ai levé les yeux et tu étais là, belle comme un soleil, debout près de notre table.

Wendy posa sa main sur son bras.

— Je suis vraiment navrée, Seth. Je pensais bien faire. Je t'ai aperçu avec Joanne et je me suis dit que je ne pouvais pas fuir à chaque fois.

Seth ne l'écoutait plus. Il la regardait d'une façon qui fit battre son cœur plus vite.

— Neuf ans, dit-il. Tu es restée loin de moi neuf longues, interminables, années et tout à coup, tu reviens…

— Je suis revenue à Cooper's Corner, pas à toi.

— Où que j'aille, tu es là.

Relevant le menton, Wendy répliqua avec colère.

— Tu ne vas pas me le reprocher ! Je n'ai pas forcé ta porte, moi ! Je ne t'ai pas suivi non plus jusqu'au Burger Barn. Et ce soir, j'ai tenté… d'être polie.

— Tu sais ce que Jo m'a demandé quand je lui ai fait part de ma décision ?

— Franchement, cela ne m'…

— Elle a dit : « C'est à cause de Wendy Monroe ? Parce qu'elle est de retour et que tu n'as jamais pu l'oublier ? »

— J'espère que tu as rétabli la vérité et que tu ne t'es pas servi de moi comme prétexte pour rompre !

Seth la saisit par les poignets.

— Tu as brisé ma vie mais tu t'en moques ! Tu ne t'es jamais souciée que de toi ! Tu n'es qu'une égoïste !

— Lâche-moi ! Je n'ai pas l'intention de rester là à me faire insulter !

D'un coup sec, elle se libéra et s'éloigna. Seth la rattrapa, lui prit le bras et la força à lui faire face.

— Je ne peux pas vivre sans toi, Wendy. Et toi non plus, j'en suis certain ! C'est ce que j'ai expliqué à Joanne. Tant que je n'aurai pas compris pourquoi tu m'as envoyé promener, je n'arriverai pas à me détacher de toi.

Wendy tremblait de tous ses membres. De froid, se dit-elle, et certainement pas au contact des mains de Seth, ni de l'émotion qu'elle voyait briller dans ses yeux.

— Explique-moi, Wendy. Quand tu as quitté Cooper's Corner, tu m'aimais. Puis tu as eu cet accident et tu n'as plus voulu de moi.

Resserrant son emprise, il l'attira à lui.

— J'ai attendu très longtemps des réponses mais maintenant, je vais les obtenir.

— Ne revenons pas sans cesse sur le passé.

— Je te parle du présent.

Elle remarqua la flamme qui s'alluma dans les prunelles de Seth et tenta de s'écarter de lui. Mais il prit sa bouche avec violence et l'embrassa voracement comme autrefois dans son camion et, malgré ses efforts pour le nier, Wendy en éprouva un indicible plaisir. Un désir puissant la consumait de l'intérieur.

Il le sentit. Elle le comprit parce que son baiser devint plus tendre, plus doux et soudain, elle avait dix-huit ans, lui dix-neuf, et plus rien d'autre qu'eux deux n'avait d'importance.

Quand elle balbutia son nom, il passa la main dans ses cheveux en gémissant, l'embrassa encore et encore, et elle se laissa emporter comme dans un rêve.

Quelque part, au loin, une portière claqua. Des gens s'interpellaient, se souhaitaient une bonne nuit, s'éloignaient dans la neige…

— Viens avec moi, murmura Seth à l'oreille de Wendy. Mon amour, viens avec moi.

« Perdue, je suis perdue », pensa-t-elle.

— Wendy ? Wendy ? Où es-tu ?

— C'est ma mère, dit-elle en reculant.

— Ça m'est égal, répliqua-t-il d'une voix altérée par le désir. Nous ne sommes plus des enfants et nous n'avons plus besoin de la permission de quiconque pour être ensemble.

Il la serra plus fort dans ses bras.

— Rien n'a changé, malgré toutes ces années.

Wendy posa ses mains sur le torse de Seth pour le repousser.

— Tout a changé. Ne l'as-tu pas encore compris ?

— Wendy ? Tu es là ? Oh !

En les découvrant enlacés, les yeux de Gina s'écarquillèrent de stupeur.

— Je suis désolée, je n'imaginais pas… Pourquoi ne… Ecoutez, je vous laisse et je rentre seule. Tous les deux vous pouvez…

— Bonsoir, Gina, dit Seth. Wendy et moi étions juste en train de rattraper le temps perdu, n'est-ce pas, Wendy ?

La jeune femme releva le menton.

— Bonne nuit, Seth.

Sans répondre, il la dévisagea fixement et, la gorge serrée, elle sentit son cœur battre la chamade. Puis il lui parla comme s'ils étaient seuls au monde et non pas dans la rue avec Gina pour témoin de la scène.

— Notre histoire n'est pas finie, Wendy.

— Elle est terminée depuis des années et je dois partir…

— Pas avant que nous ayons mis les choses au point.

— Nous ne mettrons rien au point de cette façon. Pourquoi nous disputer à chaque fois que nous nous croisons ? Ne pouvons-nous pas rester bons amis ?

— Des amis ?

Il se rapprocha d'elle jusqu'à la toucher, jusqu'à ce qu'elle soit obligée de le regarder droit dans les yeux.

— Notre passé commun est trop fort pour se métamorphoser en amitié. L'autre jour, lorsque nous en avons discuté, tu as prétendu avoir rompu parce que nous étions soi-disant trop jeunes. Et ce n'était pas vrai.

— Est-ce vraiment important, après toutes ces années ?

— Oui. A l'époque, j'étais si amoureux, si fou de toi, que j'étais heureux de t'attendre, d'attendre le jour où plus rien ne nous séparerait, ni entraîneurs, ni foule, ni voyages dans le Colorado ou ailleurs. Tu me laissais souvent seul et j'avais l'habitude de rêver en permanence aux moments que nous passerions ensemble.

Il avait raison et cela rendait la situation plus terrible encore. Il ne lui avait jamais rien demandé, sauf de l'aimer et que lui avait-elle donné en retour ? Mon Dieu, s'il connaissait la vérité…

Au bord des larmes, elle le supplia :

— Seth, je t'en prie, disons-nous au revoir.

— Tu ne parlais que de cette foutue médaille, tu ne vivais que pour la décrocher mais je le supportais parce que nous avions des projets, nous avions décidé de nous marier. C'était ce qui me faisait tenir… J'imaginais notre existence lorsque tu m'épouserais, que nous aurions des enfants.

A ces mots, une douleur aiguë traversa Wendy, comme un coup de poignard. Elle serra les lèvres de toutes ses forces pour empêcher son horrible secret de les franchir… S'il l'apprenait, il la détesterait plus qu'il ne l'avait fait depuis neuf ans.

Elle libéra son bras. Elle avait eu des années pour se préparer à cet instant et tout se passait bien jusqu'à ce que, dans un moment d'égarement, elle le laisse l'embrasser.

— Voilà exactement la raison pour laquelle j'ai rompu avec toi.

— De quoi parles-tu ?

Avec une profonde inspiration, elle mit les mains dans ses poches et serra les poings.

— De nos projets communs. Allongée dans ce lit d'hôpital, à contempler le plafond, j'ai vu défiler la vie que nous n'aurions pas.

La nuit était aussi froide que le regard de Seth. Elle sentait presque son propre cœur se glacer, lui aussi.

— Et c'est là que j'ai compris. Tu rêvais de partager mon existence, de fonder une famille, d'avoir des enfants.

Sentant sa voix trembler, elle s'enfonça les ongles dans ses paumes pour ne pas flancher.

— Ces rêves étaient les tiens, pas les miens. Moi, j'avais seulement envie de skier jusqu'à la fin de mes jours. Et… je ne savais pas comment te le dire.

Seth devint livide. « Ne t'arrête pas, se dit-elle, continue. » Elle ne voulait pas lui faire de mal mais il le fallait. Elle n'avait pas d'autre moyen de le convaincre qu'ils n'avaient plus d'avenir ensemble.

— Je me suis alors juré que si je m'en tirais, je trouverais le moyen de participer encore à des championnats. Tu aurais tout fait pour me décourager dans cette voie, je m'en doutais. Alors j'ai décidé de mettre fin à notre relation pour me permettre de survivre. Mieux valait une rupture claire et nette que laisser la situation pourrir entre nous. Si je t'ai blessé, je le regrette.

Blême, Seth lui jeta d'une voix dure :

— Tu es en train de me dire qu'aucun futur entre nous n'était possible ! J'ai cru partager un rêve avec une fille et elle n'avait pas le même.

— Je l'ignorais jusqu'à cet accident.

— Bien sûr que non ! Voilà pourquoi tu te moquais de rester loin de moi pendant des semaines ! Tu préférais te consacrer au ski pour te conformer aux volontés de ton père qui tenait tant à ce que tu gagnes.

— Il n'a rien à voir avec tout cela.

— Il a tout à y voir, au contraire, rétorqua Seth, hors de lui. C'est curieux, non ? Tu as eu deux hommes dans ta vie, moi et Howard. Chacun de nous a imaginé l'avenir avec toi dans le rôle principal.

Mais moi, je désirais ton bonheur. Lui n'a jamais voulu que réaliser son ambition à travers toi.

— C'est ridicule !

— Et il continue ! Il est prêt à te faire réopérer avec tous les risques que cela comporte !

— Ne recommence pas ! C'est mon choix !

— Bien sûr et heureusement que tu t'en es rendu compte à temps ! Sinon tu aurais partagé avec moi une existence sans intérêt dont tu n'as jamais eu envie. Tu aurais raté ta vie !

— Oh, Seth ! Ce n'est pas ce que j'ai voulu dire…

Elle posa sa main sur son bras mais il le retira brutalement comme si elle l'avait brûlé.

— Pas de problème ! Je suis content que tu m'aies dit ce que tu avais sur le cœur. Après neuf ans, j'étais encore plein d'illusions. Je l'ai compris l'autre jour, au Burger Barn, quand tu m'as déclaré que nous n'étions que des gosses, à l'époque, que nous ignorions la différence entre l'amour et le sexe.

— Ce n'était pas…

— Pas quoi ?

Wendy secoua la tête. Ce n'était pas vrai, faillit-elle répliquer, mais à quoi bon ? Il lui faisait mal parce qu'elle l'avait blessé. Jusqu'à cet instant, elle ne s'était jamais rendu compte à quel point.

— C'est sans importance. Mettons un point final à cette discussion et à notre relation, d'accord ?

Sans attendre la réponse, elle s'éloigna aussi vite que possible.

Seth la vit boiter et son cœur se serra. Ses blessures les moins visibles étaient pourtant plus douloureuses encore.

Il courut derrière elle.

— Je n'ai pas terminé, Wendy.

— Si, rétorqua-t-elle sans ralentir sa marche. Nous n'avons plus rien à nous dire.

— Je crois que tu apprécieras pourtant ce que tu vas entendre.

Wendy n'avait qu'une envie : trouver un endroit où se cacher pour pleurer mais elle n'allait pas le lui avouer. Avec un soupir, elle se tourna vers lui.

— Qu'as-tu à ajouter ?

« Je t'ai toujours dans la peau. »

Ces mots lui brûlaient les lèvres mais il les retint. C'était impossible, surtout après ce qu'elle lui avait déclaré, ce soir. Pourtant à la vue de son visage pâle, de ses yeux brillant de larmes, il eut envie de la prendre dans ses bras.

— Wendy, je suis désolé. Je n'avais pas l'intention d'en finir ainsi.

— Moi non plus, répondit-elle d'une voix tremblante.

— Ecoute, reprit-il, à propos de cette opération…

— Je t'en prie, Seth, ne recommence pas !

— Attends !

Il lui saisit la main. Elle n'avait pas de gants. Ses doigts étaient gelés.

— Si tu décides — toi et pas ton père…

— Il n'a rien à voir dans ma décision ! Comment t'en convaincre ?

— Je n'en sais rien. Mais quand tu seras sûre de ton choix, dis-le-moi.

D'un geste brusque, elle replia son bras.

— Pourquoi le ferais-je ?

— En mémoire du bon vieux temps, d'accord ? Maintenant, je m'en vais, bébé. A un de ces jours, peut-être…

Bébé ? Ce mot, son arrogance et jusqu'à la façon dont il tourna les talons mirent Wendy en fureur. Elle eut envie de courir après lui et de le gifler à toute volée.

— Penses-tu vraiment que j'ai besoin de ton approbation, Seth ? Réponds-moi !

De loin, il leva une main, sans daigner se retourner.

— Seth, Seth !

98

Elle vit sa mère lui faire des appels de phares. Wendy jeta un dernier coup d'œil à la silhouette de Seth qui s'enfonçait dans la nuit. Puis elle se tourna vers la Volvo et hâta le pas. Elle ne regarderait plus en arrière.

Plus jamais.

8.

Bien emmitouflés dans leurs anoraks pour se protéger de la morsure du vent glacé, Clint Cooper et Seth entrèrent dans la remise à bois, bâtie un peu à l'écart des Chênes Jumeaux. A l'intérieur du cabanon, Clint lui montra l'endroit où le toit s'était effondré. L'eau coulait des tuiles brisées sur les bûches empilées.

Seth inspecta avec soin la charpente, passa une main sur les chevrons, gratta une poutre. Enfin, il retira ses gants et les frappa contre ses cuisses pour en retirer le givre.

Le regard anxieux, Clint s'enquit d'une voix tendue :

— Alors ? Qu'en pensez-vous ?

Il semblait nerveux, remarqua Seth. Déjà, lorsque Clint l'avait appelé dans la matinée pour lui demander de passer sans tarder, il avait l'air bouleversé. La veille au soir, Maureen était allée chercher du bois et une partie du toit s'était écroulée sur elle. Heureusement, la jeune femme s'en était tirée avec quelques bleus et des égratignures. Mais depuis son arrivée, Clint paraissait plus préoccupé des causes possibles de l'événement que des réparations à effectuer.

— Je n'arrive pas à comprendre pourquoi cette toiture a brutalement cédé, répétait-il. Elle paraissait en bon état.

— Cette remise a été construite il y a des années. Les termites ont dévoré une partie des poutres et le bois joue sous l'influence du froid. La conjugaison des deux phénomènes a fragilisé la construction et le poids de la neige a fait le reste.

100

— A votre avis, la faiblesse de la charpente aggravée par les conditions climatiques est à l'origine de ce sinistre ?

— Je ne vois rien d'autre pour l'expliquer.

— D'après vous, il s'agit donc d'un accident ?

Seth le dévisagea. Le visage de Clint était impassible mais quelque chose dans le ton de sa voix le troubla.

— Avez-vous des raisons d'en douter ? demanda-t-il doucement.

Après un instant d'hésitation, Clint secoua finalement la tête.

— Non. Bien sûr que non.

Son déni n'était pas convaincant.

— Dans le cas contraire, vous devriez prévenir la police.

— Il n'y a pas lieu de le faire. Les choses ont dû se passer comme vous le dites. Il y avait trop de neige sur ce toit… Bon, ajouta-t-il brusquement. Que me conseillez-vous, à présent ? Le réparer ou le reconstruire ? Rentrons à la maison. Nous allons en discuter devant une tasse de café.

Tout en suivant Clint vers les Chênes Jumeaux, Seth admira au passage la rivière gelée qui serpentait au loin entre les pentes enneigées.

— La vue est splendide, remarqua-t-il.

— Oui, nos ancêtres ont bien choisi l'emplacement.

— Je parie que vous et Maureen êtes tombés amoureux de cet endroit au premier coup d'œil.

— Nous le connaissions. Nous vivions dans la région, enfants.

Une fois à l'intérieur, ils retirèrent leurs manteaux et s'installèrent devant la cheminée.

— Si vous avez une feuille de papier, je vais vous estimer un devis pour votre toiture, proposa Seth.

Pendant que Clint allait chercher du café, il s'absorba dans ses calculs.

— Voilà ce que cela vous coûtera, lui dit-il.

A la vue des chiffres, Clint eut un regard surpris.

— Si peu ?

— Vous allez vous en occuper vous-même : zéro dollar de main-d'œuvre.

— Je ne sais pas si…

— Cela ne représente aucune difficulté pour vous. Vous êtes aussi bon menuisier que moi.

— C'est exact, Castleman, lança Clint sur un ton que n'aurait pas renié John Wayns. Et cette ville n'est peut-être pas assez grande pour nous deux !

Ils éclatèrent de rire. Les deux hommes se connaissaient bien depuis que Clint et Maureen avaient hérité de la vieille demeure et décidé de la transformer en bed and breakfast. A l'origine, Clint était architecte et avait toujours mis la main à la pâte pour réaliser les projets qu'il avait dessinés. Il se débrouillait bien en menuiserie mais ne pouvait égaler Seth pour les travaux délicats ou la confection de meubles.

— D'accord, reprit-il. Merci pour l'estimation.

— Je peux aussi vous donner quelques adresses pour vous fournir en poutres et en chevrons.

Tout en discutant, Seth se régalait des gâteaux de Clint.

— Vous êtes vraiment un excellent pâtissier. Vous n'avez jamais pensé ouvrir un restaurant ?

— Il nous en faudrait effectivement un à Cooper's Corner pour concurrencer ceux de Lenox. Depuis peu, il y en a même un à Stockbridge, le Purple Panda, je crois.

— Oui, un nom comme ça…. J'y suis allé dîner l'autre soir.

— Et comment était-ce ?

L'image de Wendy pâle et défaite sur le parking revint à la mémoire de Seth.

— C'était… euh, bien, je crois. Je ne sais plus.

— Il ne correspondait pas exactement à ce que vous en attendiez, on dirait. C'est la vie. Beaucoup de choses ne sont pas à la hauteur de nos espérances.

— C'est tout à fait vrai.

Au regard brusquement soucieux de Clint, Seth préféra changer de sujet.

— Les affaires marchent bien ?

— L'hôtel ne désemplit pas. Après les amoureux des randonnées en automne, les skieurs ont fait leur apparition. Nos hôtes apprécient l'endroit, apparemment. Ils ont l'impression de vivre à une autre époque, tout en profitant du confort moderne. Le café est bon ?

— Délicieux.

— Maureen a insisté pour le préparer, avoua Clint. Je voulais qu'elle reste au lit mais ce n'est pas son genre.

— Elle se sent mieux aujourd'hui ?

— Oui, mais après sa mésaventure d'hier, elle devrait se reposer ces jours-ci… Je tiens à reconstruire ce toit de façon à le rendre indestructible.

Seth regarda son ami avec attention.

— Vous me paraissez curieusement angoissé à propos de cet accident…

— J'ai sans doute été trop longtemps citadin. Dans une grande ville, on apprend à être suspicieux. D'ailleurs, jamais je n'aurais imaginé qu'un bâtiment pouvait s'effondrer sous le poids de la neige.

— Vous êtes pourtant architecte, vous avez tout appris sur les toitures et les constructions.

— En théorie, oui. Mais la réalité est toute autre.

— C'est exact. Prenez ces madeleines, par exemple. Elles n'ont rien à voir avec celles du supermarché.

— Ne les achetez pas là-bas ! Venez en prendre ici aussi souvent que vous voulez.

Les deux hommes dégustèrent leur café et pâtisseries pendant un bon moment en silence. Puis Clint se leva pour remplir leurs tasses.

— Vous savez, lorsqu'il a été question pour Maureen et moi d'ouvrir ce bed and breakfast, je pensais que pour satisfaire les clients, il suffisait de leur donner des chambres confortables et de leur servir de la bonne cuisine. Mais je me trompais. La nourriture et le confort comptent, évidemment, mais en vacances, les gens ont surtout envie de sortir de leur cadre de vie habituel et ont besoin avant tout d'attention, de tendresse et d'amour. Ils apprécient de trouver en permanence du café sur la table basse du salon ou un verre de vin, du chocolat chaud… Quand le feu est allumé, ils sont contents de déguster un brandy ou un cognac en regardant danser les flammes.

— Ils aiment se faire chouchouter !

— Mais nous manquons de personnel pour prendre soin de nos hôtes, d'autant que j'aimerais que Maureen ralentisse un peu le rythme… D'ailleurs, j'ai demandé à quelqu'un de venir nous donner un coup de main tous les soirs pour répondre au téléphone, servir les clients, bavarder avec ceux qui en ont envie…

— Vous avez passé une annonce dans le journal pour trouver de l'aide ?

— C'était inutile. Dans cette ville, tout se sait. Elle commence ce soir.

— Voilà qui va vous décharger un peu.

— J'en suis sûr. A présent, si les jumelles pouvaient se tenir cinq minutes tranquilles, ce serait parfait.

— Les filles de Maureen ? Elles débordent d'énergie, c'est vrai.

— Et c'est difficile de garder un œil sur des gamines de trois ans avec tout le travail du bed and breakfast. Elles me posent surtout un problème en fin de journée.

— Si je comprends bien, vous avez besoin de baby-sitters. Et Keegan, votre fils, ne pourrait-il pas vous aider ?

Clint secoua la tête.

— Keegan est très serviable mais il a aussi ses devoirs. Je dois réfléchir à une solution.

— Voulez-vous que je vienne m'occuper des petites ?

— Vous ?

— J'aime beaucoup les enfants. Chaque week-end, j'apprends bénévolement à skier à des gosses. Et Randi et Robin me connaissent et m'apprécient, je crois.

— Elles vous adorent ! Elles traînent toujours dans vos jambes quand vous travaillez ici ! Mais je ne voudrais pas abuser, c'est un énorme service que vous nous rendriez.

— Vous avez raison et, pour vous mettre à l'aise, vous n'avez qu'à me payer... en rations de gâteaux au chocolat.

Réprimant un sourire, Clint tenta de garder son sérieux.

— Je ne sais pas. Il faut en discuter. Accepteriez-vous de temps en temps des muffins aux myrtilles ? Ou du pain à la banane ?

Seth se leva.

— Vous êtes dur en affaires, Clint, mais c'est d'accord.

— Merci infiniment, Castleman. Vous nous retirez une épine du pied mais ne vous croyez pas obligé de passer chaque soir. Une ou deux fois par semaine serait déjà merveilleux.

— Pas de problème.

— Vous avez autre chose à faire de vos soirées...

A ces mots, le sourire de Seth disparut.

— Pas vraiment.

— Et cette Jo Cabot ?

— C'est terminé entre nous.

— Je suis navré. Je pensais que...

— Moi aussi puis j'ai pris conscience que je n'étais pas... qu'elle n'était pas...

Il s'éclaircit la gorge et se saisit de sa boîte à outils.

— Je dois y aller. J'ai promis à un type de New Ashford de passer lui déposer un devis.

— Bien sûr.

Les deux hommes se dirigèrent vers l'entrée.

— Alors, je reviens garder les filles, ce soir ?

— Formidable ! Je vais avoir l'impression d'être en vacances, à présent ! Grâce à vous, mes nièces ne seront plus dans mes jambes et quelqu'un se chargera de nos hôtes…

— Qui va venir vous aider ?

— La fille des Monroe. Elle s'appelle Wendy. Vous la connaissez ?

— Oui, répondit Seth avec calme comme s'il ne venait pas de recevoir un coup au cœur. Je la connais.

— Elle est parfaite pour le poste. C'est une ancienne championne de ski. Une mauvaise chute a mis fin à sa carrière. Mais vous devez être au courant.

— Oui, répondit Seth, étonné que Phyllis et Philo Cooper n'aient pas raconté à Clint les liens qui l'unissaient à Wendy.

— Elle a vécu en Europe ce qui lui a donné un petit côté sophistiqué. De plus, si des clients ont envie de discuter des pistes, elle saura répondre. Elle ne pense pas rester longtemps ici mais j'espère qu'elle changera d'avis.

— A votre place, je n'y compterais pas trop…

— Maureen m'a dit la même chose. En tout cas, cela nous laisse le temps de nous retourner.

— Parfait. Alors à ce soir, Clint.

— D'accord, oh, Seth !

Seth qui dégringolait les marches du perron s'arrêta.

— Merci beaucoup de vous être proposé comme baby-sitter. Vous ne pouvez pas savoir quel soulagement c'est pour nous.

— Je vais bien m'amuser, assura Seth avant de rejoindre son camion.

Gina regarda sa fille enfiler son cashmere noir et son pantalon à carreaux.

— Tu es ravissante, chérie.

— Merci, répondit Wendy en souriant. Nous avons bien fait de nous rendre à ce centre commercial, finalement.

— Gina ?

La voix plaintive de Howard montait du bas de l'escalier.

— Gina ? Je ne trouve plus mes mots croisés ! Sais-tu où ils sont, chérie ?

Avec un petit sourire, Gina leva les yeux au ciel.

— Parfois, les hommes se conduisent comme de grands bébés. J'arrive ! cria-t-elle à son mari.

Wendy s'assit sur le lit pour enfiler ses bottes. Elle n'avait pas imaginé à quel point il lui serait difficile de revenir à l'âge adulte chez ses parents après les avoir quittés à l'adolescence.

« Où vas-tu ? » s'était enquis Howard la veille, lorsque, revêtue de son manteau, elle se dirigeait vers la porte. Elle avait dû lui expliquer que Alison passait la chercher pour aller au cinéma. C'était idiot mais cela l'agaçait. Elle avait l'impression d'être retombée en enfance.

Pourtant, elle préférait encore se justifier auprès de son père qu'avoir affaire à sa mère qui lui demandait quinze fois par jour si elle allait bien.

Elle ne pouvait l'en blâmer, d'ailleurs. La scène dont Gina avait été témoin au restaurant avait eu de quoi la déstabiliser et Wendy savait qu'elle n'avait pas amélioré les choses en refusant d'en discuter.

— Si tu veux en parler, je suis là, lui avait dit Gina.

Qu'aurait-elle pu dire ? De toute façon, elle était déterminée à sortir Seth de sa tête et de sa vie.

Après un dernier coup de brosse dans ses cheveux, Wendy descendit l'escalier. Ses parents étaient dans la cuisine.

Elle passa son manteau et prit les clés de la voiture.

— Je ne vais pas tarder à partir, annonça-t-elle.

Son père se tourna vers elle.

— Tu es sûre que tu as envie de travailler, Wendy ? Pommier est absent pour quelques jours. Je me demande d'ailleurs ce qu'il trouve de mieux aux pistes du Vermont.

— Elles sont plus grandes, plus abruptes, plus difficiles. Papa, ce travail me convient parfaitement. Et quand Pommier reviendra, il ne pourra pas m'éviter. Je lui servirai du café ou un verre de vin jusqu'à ce qu'il accepte de m'accorder cinq minutes de son temps pour parler de mon cas. De plus, j'ai vraiment besoin de m'occuper un peu. Je n'ai pas l'habitude de ne rien faire à longueur de journées !

— Tu passes des heures à faire tes exercices de rééducation ! J'ai du mal à croire que tu t'ennuies !

— A plus tard ! dit Wendy en s'en allant.

Une fois dehors, elle s'installa au volant de la voiture et démarra. La nuit était glacée, les étoiles brillaient dans le ciel comme lors de sa dernière soirée avec Seth, neuf ans plus tôt...

...Cette nuit-là, la rue principale était toute paisible. Ils n'entendaient que la radio en sourdine et les ronflements du moteur du camion de Seth.

Ils avaient roulé jusqu'à la montagne Sawtooth qu'ils considéraient comme leur repère secret et Seth lui demandait sans cesse si elle n'avait pas froid. Comment l'aurait-elle pu en sachant ce qui se passerait dès qu'il se garerait ? Il la prendrait dans ses bras et l'embrasserait à en perdre haleine, la caresserait. Elle déboutonnerait sa chemise, les doigts tremblants, le cœur battant, et...

Pourquoi pensait-elle à Seth ?

Parce qu'elle s'ennuyait, voilà pourquoi. Elle avait bien fait de trouver du travail. Cela l'occuperait plusieurs heures par jour. Elle se sentirait utile et l'idée de bavarder avec des hôtes, de répondre au téléphone, de veiller à remplir les tasses de café, cela lui plaisait.

— Les gens voudront vous poser des questions, l'avait prévenue Clint. Sur la région. Où skier, les endroits à visiter, etc.

Il lui en avait parlé avec naturel comme s'il était évident pour lui qu'elle s'adonnait toujours à sa passion. Quand il avait voulu savoir si elle était dernièrement retournée en haut des pistes, elle avait eu besoin d'un instant pour répondre.

— Avec ma jambe, je ne peux plus chausser des skis...

— Désolé, avait répondu Clint d'un air chagriné. Je pensais seulement… Beaucoup de gens handicapés peuvent…

Sur ces entrefaites, Maureen était arrivée et, heureusement, la conversation s'était portée sur autre chose mais Wendy se demandait comment il avait pu évoquer devant elle les pistes pour infirmes ! Quel intérêt de grimper en haut d'une montagne sans pouvoir voler sur les pentes, le cœur battant au rythme de la course ?

Wendy arrivait aux Chênes Jumeaux.

La maison était tout éclairée. Clint lui avait expliqué qu'ils n'avaient ouvert le bed and breakfast que depuis quelques mois mais les affaires marchaient bien et des habitants du village venaient prendre un café dans le salon, certains soirs.

Sur le seuil, Wendy inspira profondément, tapa ses chaussures pour retirer la neige, poussa la porte…

Et se retrouva nez à nez avec Seth.

9.

Seth ne s'attendait pas à la joie qui s'empara de lui en reconnaissant Wendy. A la voir si belle, si féminine, les joues empourprées par le froid, il se sentit fondre. Puis la colère lui revint et il se souvint qu'il ne voulait plus rien éprouver pour elle.

« Tout cela appartient au passé, se dit-il. Alors tu peux au moins la saluer poliment. »

— Bonsoir, Wendy.

— Que fais-tu là ?

Toujours aussi agressive ! pensa-t-il.

— Je suis, moi aussi, ravi de te rencontrer, dit-il, sarcastique.

Refermant la porte derrière lui, il s'avança vers la jeune femme. Elle recula comme s'ils répétaient les pas d'une chorégraphie. Brutalement, Seth se rappela toutes les fois où ils avaient réellement dansé ensemble. Il lui enlaçait la taille, elle posait la tête sur son épaule, son parfum le grisait…

Pourquoi se torturer avec ces souvenirs ? Tout ce qui avait eu de l'importance pour eux – en admettant que quelque chose en ait jamais eu – était fini depuis longtemps.

Sa pique eut l'effet escompté et il vit Wendy rougir.

— Désolée.

« Des excuses ? Un point pour moi », se dit-il.

— Pas de problème.

110

La nuit était glaciale. Seth remonta son col et enfonça les mains dans ses poches.

— Cooper's Corner est une petite ville, Wendy. Nous allons nous croiser tout le temps, il faut t'y faire.

Soulagée sans doute de son ton amical, elle réussit à esquisser un sourire.

— Tu travailles pour Clint ?

— Pas comme menuisier, si c'est ta question. Mais Clint et Maureen sont des amis. Tu viens leur donner un coup de main ?

— Oui, pendant quelque temps, tant que je serai ici.

— Jusqu'à ce que tu fasses la connaissance de Rod Pommier et que tu lui parles de ton opération…

Le sourire de Wendy s'évanouit.

— Clint m'attend. Bonsoir.

Comme elle se dirigeait vers la porte, Seth l'attrapa par le bras.

— Wendy, excuse-moi, je n'aurais pas dû…

— En effet.

Il hésita.

— Ecoute, nous n'allons pas cesser de nous voir.

— Tu radotes !

— Je veux dire que tu vas désormais passer tes soirées ici et … moi aussi.

Bouche bée, elle le dévisagea avec étonnement.

— Clint manque de main-d'œuvre, poursuivit-il.

— Je le sais. C'est même la raison pour laquelle il a fait appel à mes services.

— Maureen a deux filles, des jumelles. Elles sont adorables, très mignonnes mais un peu envahissantes. Leur mère a besoin de souffler et Clint ne peut pas faire tourner le bed and breakfast et jouer les baby-sitters. Alors j'ai proposé de m'occuper d'elles le soir pendant qu'il est à ses fourneaux.

S'il avait espéré la faire sourire, il en fut pour ses frais. Elle garda un visage fermé.

— Toi ? dit-elle du ton qu'elle aurait employé s'il avait décidé de s'envoler vers la planète Mars.

— Oui, moi. Pourquoi cet air surpris ?

— Les hommes, en général, ne…

— Je ne suis pas « les hommes en général ». Peut-être est-ce ton problème, Wendy. Tu cherches toujours à me coller une étiquette.

Les yeux de la jeune femme brillèrent. De larmes ou de colère ? Il n'aurait su le dire.

— Bref, je m'entends bien avec les jumelles et je m'occupe d'elles pour rendre service à Clint.

— C'est très gentil de ta part.

— Ce n'est pas grand-chose.

Après un moment de silence, Wendy consulta sa montre.

— Je ferais mieux d'y aller. Je suis censée commencer mon travail à 18 heures mais j'ai voulu arriver plus tôt ce soir pour me mettre dans le bain

— Bien sûr.

— Bon, eh bien, bonne soirée !

Il hésita à lui préciser qu'il sortait simplement réparer ses essuie-glaces et revenait. Mais elle l'apprendrait bien assez tôt.

— Bonsoir et bonne chance pour ce soir, ajouta-t-il en lui prenant la main.

— Merci, répondit-elle en souriant. Je vais en avoir besoin. Je n'ai jamais été hôtesse de ma vie.

— Tu te débrouilleras très bien, j'en suis sûr. Les clients du bed and breakfast sont sympathiques. Mais veille à goûter au gâteau au chocolat de Clint avant qu'ils ne l'engloutissent.

Le sourire de Wendy s'élargit. Elle était plus à l'aise maintenant. Il aimait cela, savoir qu'elle se détendait parce qu'il lui parlait, parce qu'il ne l'avait pas lâchée.

— C'est un excellent pâtissier, je crois ?

— Plus que cela !

— C'est ce que mon père m'a raconté.

Son père. Voilà longtemps qu'elle n'avait pas fait référence à lui !

— Pour une fois, il a dit quelque chose de censé !

Blême, elle se libéra brutalement de son emprise.

— Au revoir, Seth.

Il fit un pas vers la gauche, elle vers la droite et ils se retrouvèrent nez à nez.

— Désolé, dit-il en reculant.

Avec un soupir exaspéré, elle le repoussa et entra dans la maison.

C'était ce qu'elle avait toujours voulu avec lui, pensa-t-il en la regardant disparaître derrière la porte.

L'écarter d'elle.

Il fallut un moment à Wendy pour reprendre contenance.

Seth et elle ne pouvaient-ils donc pas passer cinq minutes ensemble sans se disputer ? Il était si convaincu de savoir mieux qu'elle ce qui était bon pour elle ! Elle avait failli lui lancer à la figure qu'il était comme son père…

Comme son père ? Non, Howard la comprenait, lui ! Seth en était incapable.

Quelle malchance d'être tombée sur lui en arrivant ! Elle était déjà terrifiée à l'idée de jouer le rôle d'hôtesse.

Comment allait-elle réussir à discuter avec des gens qui ne la connaissaient pas avant son accident ? Des étrangers n'auraient aucune raison de l'épargner en remarquant qu'elle boitait. Et comment réagirait-elle si on l'interrogeait à propos du ski ? Des pistes locales ?

Quand Howard avait évoqué la question, la veille au soir, cela avait provoqué un drame avec Gina.

— Travailler aux Chênes Jumeaux est la meilleure façon d'entrer en contact avec Pommier, avait-il dit. Mais, Wendy chérie, je me demande si tu te sentiras à l'aise à discuter de ski avec ces inconnus.

Sa mère avait pâli.

— Et pourquoi serait-elle gênée ? avait-elle lancé d'un air courroucé. C'est absurde !

— Tu as peut-être du mal à le comprendre, Gina, mais lorsqu'on a frôlé la gloire, il est difficile d'aborder le sujet.

Les yeux brillant de colère, Gina avait rétorqué d'un ton sec :

— Peut-être est-ce surtout difficile pour toi, Howard, d'admettre que tu n'as jamais frôlé la gloire.

Il était devenu écarlate. Sans dire un mot, il avait quitté la pièce tandis que sa mère, repoussant son assiette, plongeait la tête dans ses mains. Wendy était restée assise en silence, souhaitant être à des kilomètres de là.

Toute sa jeunesse, son père lui avait répété qu'il avait failli être sélectionné pour les jeux Olympiques. Quand elle était enfant, elle l'écoutait, fascinée, très fière de l'entendre dire qu'elle avait hérité de ses talents sportifs. Gina ne l'avait jamais contredit mais, à bien y réfléchir, Wendy se rendit compte qu'elle ne faisait aucun commentaire.

Après le dîner, Wendy était allée retrouver son père dans son bureau. Le nez dans ses papiers, il lui avait déclaré sans préambule :

— L'attente rend ta mère malade d'angoisse. Elle est dans tous ses états parce qu'elle ignore si Pommier acceptera ou non de te réopérer, c'est tout.

« Elle est bouleversée parce qu'elle pense que cette intervention serait une erreur », avait failli répliquer Wendy, mais pourquoi aggraver la situation ? Alors, elle l'avait embrassé et lui avait assuré qu'elle saisissait. Puis elle était montée dans sa chambre où Gina l'attendait.

— Je n'ai pas voulu blesser ton père, lui avait dit cette dernière. Il était un excellent skieur et tu tiens de lui. Mais… ne le laisse pas t'influencer, chérie.

Wendy l'avait également embrassée et lui avait affirmé, à elle aussi, qu'elle comprenait.

Et à présent, en entrant aux Chênes Jumeaux, elle se remémorait la scène et était persuadée que Howard tentait seulement de la soutenir et n'essayait pas de vivre à travers elle comme Seth paraissait le croire.

Sa mère partageait-elle ce sentiment ?

Affichant un sourire de façade, elle se dirigea vers la réception où se tenait Clint.

— Bonsoir, j'arrive un peu en avance afin de vous permettre de me mettre au courant.

— Très bonne initiative ! Vous n'avez pas eu trop de mal à venir ? Il neige beaucoup !

— J'avais presque oublié la rigueur des hivers de la Nouvelle-Angleterre, dit-elle avec un petit rire forcé.

Mieux valait s'esclaffer à tout bout de champ que pleurer comme elle en avait pourtant envie. Tant pis si Clint la prenait pour une idiote !

— Nos hôtes l'apprécient. La neige, le froid, même les routes glissantes, font partie du charme de l'endroit. La plupart ont l'impression que Cooper's Corner appartient à un autre siècle. Suivez-moi, ajouta-t-il. Je vais vous expliquer ce qu'il y a à faire.

— D'accord.

— D'abord, j'aimerais vous montrer comment fonctionne le percolateur de café. Maureen l'a déniché dans une brocante, c'est une antiquité et malheureusement, il ne connaît qu'elle. Si vous arrivez à le faire fonctionner, vous aurez droit à une prime.

Cette fois, Wendy rit de bon cœur. Travailler ici allait être amusant et ne serait pas seulement un moyen pour elle de passer le temps ou de faire la connaissance de Pommier.

Puis Clint la conduisit vers l'office.

Il y avait beaucoup à apprendre mais ce n'était pas compliqué. Clint sortit le registre de clients, lui expliqua comment prendre des réservations et répondre aux questions éventuelles des clients. Il ouvrit le placard contenant les brochures sur le Berkshire.

Dans la cuisine, il lui montra les réserves de café, de thé et de chocolat, lui fit un bref exposé sur les vins, le brandy et les cognacs.

— Nous servons les petits fours et les canapés vers 8 heures. Vous trouverez les fromages au frigo, les sandwichs sur la table et je sers toujours des pâtisseries.

— Du gâteau au chocolat ?

— C'est la spécialité de la maison, confirma Clint en souriant. Vous en avez discuté avec Seth, je parie ?

— Seth ?

— Seth Castleman. Il m'a dit que vous vous connaissiez.

Clint fronça soudain les sourcils.

— Je mets peut-être mes gros sabots quelque part…

— Pas du tout. Nous sortions ensemble autrefois mais c'était il y a très, très longtemps.

— Bon, j'espère que cela ne vous ennuiera ni l'un ni l'autre de passer du temps ensemble.

Que voulait-il dire ? s'inquiéta Wendy.

— Cela ne me pose aucun problème, assura-t-elle.

— Tant mieux. Seth est devenu un ami et le savoir avec les filles me tranquillise…Vous ai-je parlé de mes nièces ? Elles sont jumelles, charmantes mais épuisantes.

— Et Seth… s'occupe bien d'elles ?

— Il est formidable avec les enfants ! Au premier coup d'œil, on comprend que c'est le genre d'homme qui devrait être père d'une famille nombreuse, un jour.

A ces mots, Wendy eut l'impression qu'on lui broyait le cœur. Bravement, elle sourit pour ne pas laisser deviner son désarroi.

— Oui, c'est certain. Voulez-vous que je prépare tout de suite un peu de café ? Pour être sûre que j'ai bien l'appareil en main ?

— Bonne idée.

— Oncle Clint !

Deux petites filles aux cheveux bouclés et aux yeux bleus dégringolaient l'escalier, le visage rouge d'excitation.

— Quand on parle du loup…, remarqua Clint avec un sourire. Voici mes nièces préférées.

— Tu n'en as pas d'autres !

— C'est vrai. Dites bonjour à Melle Monroe.

— Appelez-moi Wendy. Je suis contente de faire votre connaissance.

— Nous en sommes également ravies, répondirent-elles poliment.

Randi observa Wendy avec attention.

— Êtes-vous la petite amie d'oncle Clint ?

— Non, répondit Wendy en riant.

— Maman pense qu'il devrait en avoir une.

— Votre mère pense beaucoup trop, répliqua Clint avec un soupir. Qu'a-t-elle dit d'autre ?

— Que nous pouvons rester un peu en bas, si tu veux bien.

Avec un grand rire, Clint donna un baiser sonore à chacune.

— D'accord, mais je compte sur vous pour être sages.

— Nous le sommes toujours !

— Et je suis pape ! En tout cas, tenez-vous bien en présence des deux personnes qui sont arrivées tout à l'heure. C'est un couple un peu collet monté. Je vais m'occuper d'eux. Wendy, accepteriez-vous de garder un œil sur les filles quelques instants ? Cela ne durera pas longtemps, rassurez-vous, Seth ne va pas tarder à revenir.

— Il revient ?

Percevant la détresse de sa propre voix, Wendy s'efforça de sourire pour ajouter :

— Je l'ai croisé en arrivant, je croyais qu'il partait.

— Il voulait juste réparer ses essuie-glaces avant qu'il ne se remette à neiger. J'arrive, monsieur Collier !

Il se tourna vers Wendy.

— Je peux vous confier les petites jusqu'au retour de Seth ? Cela ne vous dérange pas ?

— Pas du tout ! assura-t-elle en tentant de dissimuler à quel point la perspective de revoir Seth l'ennuyait. Je vais jouer avec elles. Venez avec moi, les filles…

— Ce ne sont pas des filles, la coupa une voix virile derrière elle. Mais des princesses transformées en monstres par une méchante sorcière. Et moi, je suis un chevalier, chargé de les délivrer de cet ensorcellement.

— Oncle Seth !

Les joues rougies par le froid, les cheveux ébouriffés par le vent, Seth entrait dans la pièce et Wendy sentit son cœur s'accélérer dans sa poitrine. Elle ne voulait plus éprouver une telle émotion à sa vue, elle ne le voulait à aucun prix.

— Je vois que tu as fait la connaissance des deux terreurs du Berkshire ! dit-il en prenant les fillettes dans ses bras.

— Nous ne sommes pas des terreurs !

— Non ? Alors qui ? Attendez, cela me revient, vous êtes Mickey et Minnie !

Des éclats de rire accueillirent ces paroles.

— Tu connais nos noms, oncle Seth !

— Hänsel et Gretel ? Non. Tintin et Milou ? Non plus ! Oh, et puis, zut ! Je donne ma langue au chat.

— Robin et Randi !

— Ah oui, je m'en souviens maintenant ! Les jumelles qui rendent fous ceux qui les approchent.

— Nous sommes toujours très sages !

— Vous avez intérêt si vous voulez un biscuit de votre oncle Clint avant d'aller vous laver les dents.

Seth les embrassa avant de se tourner vers Wendy.

— Tout se passe bien ?

— Oui, dit-elle en retenant ses larmes.

Seth était adorable avec les enfants mais cela ne justifiait pas une telle émotion, se réprimanda-t-elle.

Avec effort, elle s'obligea à sourire.

— Clint m'a montré ce qu'il y avait à faire et je m'apprêtais à préparer un peu de café.

Pourquoi la dévisageait-il avec une telle insistance ? Elle passa la main sur ses joues, sur son nez.

— J'ai une tache sur la figure ou quelque chose ?

— Quelque chose...

Il s'exprimait avec une telle douceur qu'elle sentit ses jambes trembler. « Ressaisis-toi ! » s'ordonna-t-elle.

— As-tu besoin de moi ? ajouta-t-il.

A ces mots, le cœur de Wendy fondit.

— Pardon ?

— Tu veux que je t'aide avec le percolateur ?

— Oh non, merci ! Je devrais réussir à le faire marcher.

— Si tu changes d'avis...

— Je te le dirai, promis.

Il lui sourit et elle ne put s'empêcher de lui rendre son sourire.

Puis il se pencha vers les jumelles qui le regardaient, les yeux brillant de joie.

— Quant à nous, leur expliqua-t-il, nous allons construire une ville en Lego comme prévu.

— Non, un château fort ! réclama Robin. Avec un pont-levis !

— Et un dragon ! renchérit Randi. D'accord ?

— On fera tout ce que vous voulez.

Il se tourna vers Wendy pour ajouter :

— C'est l'avantage avec les Lego. Ils permettent de construire un monde de rêve. La réalité ne vient pas tout casser.

— C'est quoi la réalité ?

— Cela signifie que vous pouvez bâtir tous les châteaux dont vous avez envie mais rien ne vous garantit que vous y vivrez.

— C'est triste, murmura Robin.

— Oui, acquiesça Seth tandis que Wendy refoulait les larmes qui brûlaient ses paupières.

*
* *

Le percolateur était plus facile à utiliser que Wendy ne l'avait craint.

Pendant que le café filtrait, elle remplit la Thermos d'eau chaude, prépara les sachets de thé, sortit les pâtisseries.

Son travail lui plaisait et n'était pas très difficile. Heureusement car elle était incapable de se concentrer sur ce qu'elle faisait. Elle ne pouvait s'empêcher d'épier du coin de l'œil Seth assis avec les filles dans un coin du salon au milieu d'une boîte de Lego. Tout en les aidant à placer les pièces, il parlait gentiment à Randi et à Robin, leur souriait. Qu'il s'occupait bien des enfants !

« Arrête ! » s'ordonna-t-elle.

Elle ouvrit le placard, se mit en devoir de ranger des brochures qui n'en avaient nul besoin, s'efforçant de ne pas prêter attention aux rires des fillettes.

Les cheveux sombres penchés sur le château appartenaient à l'homme qu'elle avait aimé autrefois.

Comme elle l'avait aimé ! De tout son cœur, de toute son âme !

Seth leva la tête et leurs yeux se croisèrent. Elle avait l'impression qu'il lisait au plus profond d'elle-même, derrière les sourires convenus, les paroles acides, la colère et le chagrin. Il regardait dans les replis de son cœur où était enfouie la vérité.

« Je l'aime encore », comprit-elle soudain. Mon Dieu ! Comment avait-elle pu le nier si longtemps ? Elle n'avait jamais cessé de l'aimer et l'aimerait jusqu'à la fin de ses jours !

La sonnerie soudaine du téléphone la fit sursauter. D'une main tremblante, elle s'empara du combiné.

— Bonsoir, vous êtes bien aux Chênes Jumeaux. Que puis-je pour votre service ?

Au bout du fil, un homme souhaitait réserver une chambre pour le week-end suivant. Elle consulta les registres et inscrivit son nom comme Clint lui avait appris à le faire. Troublée de la découverte qu'elle s'était efforcée de se dissimuler tant d'années, elle parvenait à peine à écrire.

Elle était toujours amoureuse de Seth Castleman, même si elle avait voulu se convaincre du contraire.

« A quoi bon ? » se dit-elle, désespérée. Après les mots cruels qu'elle lui avait jetés à la figure, Seth n'éprouvait plus rien pour elle.

Son interlocuteur l'interrogeait sur les pistes, les attractions locales et elle tenta de répondre avec calme.

Enfin, la conversation prit fin.

— Merci de votre appel et à la semaine prochaine, dit-elle avant de raccrocher.

Elle n'osait pas lever les yeux vers Seth. Allait-il deviner la vérité ?

Clint apparut.

— Tout va bien ?

— Je viens d'enregistrer une nouvelle réservation pour la semaine prochaine, dit-elle en souriant.

— Formidable.

— M'autorisez-vous à m'absenter, un instant ?

— Vous n'avez pas à demander la permission.

— Merci, je… Merci.

Veillant à ne pas regarder Seth et les filles, elle se rendit aux lavabos. Ils étaient libres et, avec un soupir de soulagement, elle s'engouffra à l'intérieur.

— Wendy ?

Son cœur s'arrêta. Seth l'avait suivie. Elle se tourna lentement vers lui, la gorge serrée.

— Oui ?

— Es-tu occupée ?

Perturbée par son sourire, elle eut peur de se trahir.

— Je… oui. Je… m'apprêtais à me passer un peu d'eau sur le visage et…

Se rapprochant d'elle, il posa la main sur son bras.

— J'ai besoin de toi, dit-il d'une voix douce.

10.

A une époque, Seth se vantait de savoir lire en elle comme dans un livre ouvert. En était-il encore capable après tant d'années ? Avait-il deviné à quoi elle pensait ? Avait-il compris qu'elle l'aimait, qu'elle n'avait jamais aimé que lui ?

— Wendy ? Tu m'entends ?

Sa voix était rauque, ses yeux scellés aux siens. Elle ne parvenait plus à parler. Il était si proche d'elle qu'elle le touchait presque. Un désir puissant s'empara d'elle. Elle brûlait de prendre son visage entre ses mains, de poser ses lèvres sur les siennes...

— Oncle Seth ! Ça presse !

Wendy remarqua alors Robin et Randi se tortillant comme des vers aux côtés de Seth. Elles avaient besoin d'aller aux toilettes !

— Tu veux que je leur fasse faire pipi ?

— Cela ne t'ennuie pas ? Je m'en occuperais bien moi-même mais je ne sais pas bien me débrouiller avec toute la mécanique, dit-il d'un ton embarrassé.

Maudissant sa bêtise, Wendy eut envie de se gifler. Comment avait-elle pu s'imaginer que Seth lui faisait une déclaration ! Mais, devant l'air gêné de Seth, elle eut pitié de lui.

— Pas de problème ! dit-elle en tendant les mains aux fillettes. Venez avec moi, vous deux.

Elle les aida à déboutonner leurs pantalons puis à se rhabiller. Enfin, elle leur fit se laver les mains.

Randi la regarda avec curiosité.

— Tu as des petites filles à toi ?

— Non, répondit Wendy avec un sourire contraint.

— Tu serais pourtant une gentille maman, remarqua Robin avec la sagesse de ses trois ans.

— Merci.

— Si tu veux avoir un bébé, tu n'as qu'à te marier avec oncle Clint.

— Ou avec oncle Seth, poursuivit sa sœur. Il ferait un gentil papa, lui aussi.

A l'écoute de ces innocents propos, Wendy sentit sa gorge se serrer. Fallait-il en rire ou en pleurer ? Elle décida d'en rire et leur donna à chacune un baiser avant d'ouvrir la porte.

— Allons retrouver Seth. Où en est votre forteresse ?

— Nous l'avons déjà terminée.

Les fillettes se précipitèrent vers Seth qui les attendait devant la réception.

— N'est-ce pas, oncle Seth, que nous avons fini notre château fort ?

— Absolument ! Et nous l'avons fait si solide qu'il ne craint ni dragon, ni sorcière, ni personne !

D'un geste charmeur, Randi noua ses bras autour du cou de Seth.

— Et si nous allions nous promener, maintenant ?

— Il est tard, vous ne devriez pas tarder à vous coucher.

— Mais il neige ! C'est amusant de marcher au milieu des flocons !

— Et c'est joli ! ajouta sa sœur. S'il te plaît, oncle Seth !

Seth regarda leurs frimousses suppliantes, comprit qu'il allait céder et poussa un gros soupir.

— Alors, pas longtemps, d'accord ? Et courez d'abord demander la permission à Clint. Le voilà justement ! Vos nièces souhaiteraient sortir dans la neige, lui expliqua-t-il. Une toute petite balade.

— D'accord, mais il faut leur mettre leurs pulls, leurs bonnets, leurs écharpes, leurs moufles… Cela vous prendra plus de temps de les habiller que de marcher, dit-il à Seth.

— Vous avez entendu les filles ? Couvrez-vous chaudement.

— Tu veux bien que Wendy vienne avec nous, oncle Seth ? Elle est si gentille !

— Non, non, répondit précipitamment Wendy. C'est impossible, je dois aider votre oncle à tenir la réception.

D'un air accusateur, les jumelles se tournèrent vers Clint qui feuilletait les registres.

— Wendy dit qu'elle ne peut pas nous accompagner parce que tu l'obliges à travailler !

Clint sourit à Wendy.

— Ne soyez pas idiote. Si cela vous fait plaisir, allez-y, bien sûr ! Le café est fait, tout le monde est bien installé.

— Mais si quelqu'un téléphone…

— Je m'en occuperai, assura Clint.

— Viens, viens, Wendy, s'il te plaît !

Elle regarda les yeux pleins d'espoir des fillettes et le visage impassible de Seth.

— D'accord. Baladons-nous tous ensemble, décida-t-elle.

A la vue du sourire qui se dessina sur les lèvres de Seth, elle tenta d'ignorer les battements précipités de son cœur.

Clint avait raison. Habiller les fillettes leur prit un bon moment. Quand elles furent enfin prêtes, les jumelles coururent vers la porte.

— Dépêchons-nous ! dirent-elles comme si la nuit ou la neige risquaient soudain de disparaître.

Seth et Wendy enfilèrent leurs manteaux et enroulèrent une écharpe autour de leur cou. En voyant Wendy mettre sa capuche, Seth se souvint des soirs d'hiver où il venait la chercher autrefois. Elle était emmitouflée comme à présent et il se revoyait encore la serrer dans ses bras et glisser ses mains sous ses vêtements pour caresser sa peau de satin.

Lorsque leurs regards se croisèrent, il remarqua une petite lueur au fond des prunelles bleues de la jeune femme et, un fol instant, il fut certain qu'elle y pensait aussi.

Seigneur ! Comment allait-il pouvoir passer tant de soirées avec elle, si sa simple présence réveillait chaque fois tant de souvenirs !

— Oncle Seth ?

Seth se pencha vers la petite tête bouclée.

— On y va, dit-il, recouvrant ses esprits. D'où sortent ces nounours ? Où sont cachées Randi et Robin ?

Comme les petites filles éclataient de rire, il se saisit de l'une d'elles pour la faire tournoyer en l'air. Sa sœur jumelle s'agrippa à Wendy.

— Tu veux bien me prendre, s'il te plaît ?

Décontenancée, Wendy eut du mal à déglutir.

— J'aimerais beaucoup te porter, chérie, mais cela ne m'est pas possible…

— Je sais, répondit Randi avec candeur. Tu t'es fait mal à la jambe. J'ai bien vu que tu boitais.

Wendy eut l'impression de recevoir une douche glacée sur la figure. Mis à part les médecins et les kinésithérapeutes, personne n'avait été aussi franc avec elle. Et n'était-ce pas ridicule ? Elle boitait effectivement. C'était le signe visible de son échec, de sa faiblesse. La vérité sortait de la bouche d'un enfant. Mais prononcés avec une telle innocence, les mots perdaient leur cruauté.

Seth voulut intervenir mais elle l'en empêcha.

— Oui, chérie, tu as raison. Je me suis blessée et je ne tiens pas bien sur mes jambes. Il n'est donc pas très prudent pour moi de te porter lorsque le sol est glissant. Mais nous pouvons nous tenir la main, si cela te fait plaisir.

— Oui ! C'est ce que je voulais dire.

Randi mit sa petite menotte gantée dans celle de Wendy.

— Comment est-ce arrivé ? Tu es tombée ?

Etonnant que de telles questions puissent être aussi facilement posées et, plus surprenant encore, qu'elle puisse y répondre aussi aisément.

— Oui, j'ai fait une mauvaise chute à ski.

— Ma maman aussi a eu un accident. Elle a reçu un morceau de toit sur elle. Mais elle va mieux maintenant. Et toi aussi, tante Wendy, non ?

Wendy hésita. Ses médecins le pensaient, sa mère aussi. Et Seth sans doute également.

— Oui, beaucoup mieux.

— Mais pas complètement ? Pourtant, tu as l'air d'aller très bien alors que maman gémit si on l'embrasse trop fort.

— Randi, intervint Seth.

— Non, non, ça va, assura Wendy.

Elle serra la main de la fillette tout en se frayant avec précaution un chemin sur la route enneigée.

— Tant que je ne skierai pas de nouveau, je ne me sentirai pas tout à fait bien, lui dit-elle avec calme.

— C'est vrai, c'est amusant le ski ! Oncle Seth nous a appris !

Wendy sourit.

— Et cela t'a plu ?

Avec sérieux, Randi dévisagea Wendy.

— Peut-on en faire lorsqu'on boite ?

— Oui, mais…

Comment lui dire qu'elle n'avait pas envie du regard de pitié des gens, qu'elle voulait être Wendy Monroe, la championne ou rien, qu'elle se battait pour décrocher la médaille dont son père — dont elle et son père — avait rêvé depuis des années ?

Comment le faire comprendre à une enfant quand les adultes n'y parvenaient pas ? Quand elle-même avait de plus en plus de mal à se l'expliquer ?

Cette prise de conscience la troubla.

— Tante Wendy ?

126

Incapable de trouver des mots pour lui répondre, Wendy se tourna vers Seth d'un air implorant.

— Regardez, les filles ! s'exclama-t-il. Vous avez vu la grosseur des flocons de neige ?

Sa tentative de diversion fonctionna et les jumelles, oubliant leurs questions, crièrent de joie, et sautèrent en tout sens.

— Merci, murmura Wendy.

— C'est déjà assez difficile pour toi.

Attendrie, elle le vit se creuser la cervelle pour changer de sujet.

— Quelle nuit magnifique, hein ?

Le vent était tombé. Autour d'eux, les arbres croulaient sous leurs manteaux blancs. La campagne semblait enchantée.

— Ça va, chérie ? demanda Wendy à Randi qui avançait péniblement à côté d'elle.

— Oui, oui, assura l'enfant.

— Elle a du mal à marcher, Seth. Peut-être devrions-nous rentrer.

— J'ai une meilleure idée. Attendez-moi ici, les filles.

— Où vas-tu ? s'enquit Wendy.

— Je vous rejoins dans un instant.

Et tout en se hâtant vers la maison, il esquissa un geste. Elle repensa au moment où ils s'étaient quittés devant le Purple Panda, l'autre soir. Il avait eu le même signe de la main. Mais cette fois, il allait revenir.

Comme elle en était heureuse !

Les fillettes se pelotonnaient contre elle.

— Ça va ? demanda Robin.

Emue, Wendy comprit qu'elle s'inquiétait pour sa jambe.

— Oui, dit-elle.

Et c'était vrai. Elle boitait, oui, mais des années de rééducation avaient fortifié son corps. Et si sa mère et Seth avaient raison ? Et si risquer une opération dangereuse était une erreur ? Et si elle pouvait vivre heureuse sans cette intervention ? Sans se battre pour quelque chose d'aussi dérisoire qu'une médaille ? Sans chercher à revenir en arrière ?

Et si…

— Regardez ce que j'ai trouvé !

Tirant une luge qui dansait derrière lui comme un bateau, Seth accourait vers elles. Wendy se mit à rire, bientôt imitée par les jumelles.

— Montez dessus, les filles !

Elles ne se firent pas prier. Seth avait emporté une couverture dans laquelle il les enveloppa. Elles ressemblaient à des esquimaux. Puis ils il cheminèrent vers le village.

— Te sens-tu la force de marcher, Wendy ? lui demanda doucement Seth. Si c'est trop pour toi…

— Ne t'inquiète pas. Je suis solide. Je fais une heure ou deux d'exercices physiques par jour.

— Ta mère m'a raconté que tu travaillais beaucoup pour retrouver ta mobilité et ta souplesse.

— Je ne voulais pas passer le reste de mes jours sur un fauteuil roulant.

— J'ai toujours su que tu te battrais pour t'en sortir. Tu es vraiment quelqu'un, tu sais. Les médecins t'avaient condamnée mais tu es debout. J'étais si fier de toi quand Gina me l'a annoncé.

Sa voix était enrouée par l'émotion.

— Je n'ai jamais douté que tu y parviendrais, ajouta-t-il.

— Tu me connais mieux que moi-même, remarqua-t-elle avec un petit rire.

— Je connais la vraie Wendy, sa force, son courage, son cœur.

— Seth, murmura-t-elle, les larmes aux yeux. Je regrette profondément la manière horrible dont je t'ai traité en Norvège. J'ai eu tort mais je pensais que c'était la meilleure façon d'en finir.

— Oui, tu l'as déjà dit. Ecoute, je n'ai pas envie de remettre le sujet sur le tapis. Je n'ai pas besoin d'entendre de nouveau comment, couchée sur ton lit d'hôpital, tu t'es rendu compte que nous n'étions pas faits l'un pour l'autre.

— Ce n'est pas ce qui s'est passé. Toute ma vie était bouleversée, je ne savais plus qui j'étais…

— Oh, regardez la neige sur le soldat ! s'exclama Robin. Comme c'est beau ! On y va, oncle Seth ?

Seth ferma les yeux. Ils étaient si proches soudain. Wendy lui ouvrait son âme comme elle ne l'avait pas fait depuis tant d'années, depuis cette nuit, avant son départ pour les Jeux.

— Tu te souviens du monument aux morts, Wendy ? Tu aimerais lui rendre une petite visite ?

Sans répondre, elle leva le visage vers lui. Il vit dans ses yeux briller une lueur qui fit battre son cœur plus vite.

Il y avait tant de choses qu'il avait envie de lui dire mais pas maintenant, pas avec les jumelles babillant à côté d'eux.

— Je les y ai emmenées, un jour, l'été dernier, reprit-il. Elles étaient tristes à l'idée de ce soldat restant là, tout seul.

— Personne ne devrait rester seul, murmura Wendy.

Seth lui saisit la main et son cœur meurtri reprit espoir lorsqu'elle mêla ses doigts aux siens.

— Tu as raison. Voilà pourquoi je leur avais expliqué qu'il ne l'était pas. Il est entouré des espoirs et des rêves de tous les habitants de la ville. Il est fier de se dresser là, après s'être battu pour notre liberté.

— Pour notre liberté, répéta Robin en écho.

Avec un hochement de tête, Wendy sourit.

— Tu as eu raison.

— J'avais dix-neuf ans la première fois que j'ai vu ce monument, poursuivit Seth.

— Non, dix-huit, tu n'avais que dix-huit ans lorsque tu es arrivé à Cooper's Corner.

— C'est exact. A l'époque, je me croyais dur et fort.

— Tu n'as jamais été dur. Tu te tenais sur la défensive parce que tu avais été blessé… Et moi, je t'ai fait plus de mal encore, ajouta-t-elle d'une voix tremblante. J'ai été ignoble avec toi, Seth ! Si tu savais comme je m'en veux !

Lentement, il porta sa main à ses lèvres.

— C'est du passé.

— Non, dit-elle, les yeux brillant de larmes. La souffrance est toujours là, entre nous, avec moi…

— J'aimerais tellement comprendre, Wendy. Tu crois que si tu ne gagnes pas une médaille olympique, tu n'es plus celle que tu étais, c'est cela ?

— C'est plus compliqué.

— Alors explique-moi — fais-moi un dessin s'il le faut — pourquoi tu as tout brisé entre nous. Que je puisse enfin m'en remettre, oublier ce que j'ai ressenti en lisant ta lettre à Oslo.

— Oncle Seth ! Regarde, il neige plus fort !

Seth revint brutalement au présent. Où avait-il la tête ? Les deux petites dont il avait la charge grelottaient de froid et il discutait avec Wendy sans se préoccuper d'elles !

— Désolé, les filles, vous devez être gelées.

— Pas du tout ! Et si on faisait un bonhomme de neige ?

— Une autre fois.

— Maintenant, s'il te plaît.

— Une autre fois, répéta-t-il d'un ton sans réplique. J'ai une idée ! poursuivit-il avec un sourire. On va dire que je suis un chien de traîneau et que je dois lutter contre une grosse tempête de neige pour vous ramener dans votre igloo.

— C'est quoi un igloo ?

— Wendy vous l'expliquera mieux que moi.

Assaillie par trop d'émotions contradictoires, Wendy avait du mal à penser de manière cohérente. Mais les enfants attendaient sa réponse. Alors elle inventa l'histoire d'un husky appelé Akela qui se trouvait à l'autre bout du monde.

Très vite, les fillettes furent happées par le conte.

— Continue, la supplièrent-elles.

Elle reprit donc son récit — ajoutant des personnages, décrivant la toundra et les paysages de glace des pôles — et le poursuivit tout le long du chemin du retour. Une fois aux Chênes Jumeaux, elle aida Seth à déshabiller les jumelles sans s'interrompre. Elle ne s'arrêta que lorsqu'elle arriva dans la chambre de Maureen.

— Finis l'histoire, tante Wendy !

Mais il était tard, plus tard qu'elle ne l'avait imaginé.

— Je vous raconterai la suite demain soir, leur promit-elle.

— De quoi parlez-vous ? s'enquit Maureen.

— D'un chien, Akela ! Il vit dans un igloo !

Perplexe, Maureen les dévisagea d'un air interrogateur.

En riant, Wendy lui narra la promenade sous la neige et comment Seth avait fait semblant d'être un chien de traîneau. Les deux femmes bavardèrent gaiement. Quand elles se dirent bonsoir, un long moment avait passé.

Seth n'était nulle part en vue. Patientait-il dans le salon ?

Il ne s'y trouvait pas. Seul Clint y était. Il leva les yeux vers la jeune femme.

— Vous avez bien travaillé, Wendy. Vous avez fait l'unanimité aux Chênes Jumeaux et j'en suis ravi.

— Merci. Je me suis bien amusée.

— Tant mieux. A demain.

Wendy remit son manteau avant de s'enfoncer dans la nuit en se répétant qu'elle était idiote d'éprouver une telle déception. Seth n'avait aucune raison de l'attendre, il…

Deux mains la saisirent doucement par les épaules.

— C'est moi, murmura Seth.

Elle le savait, elle avait reconnu son contact, elle ne l'avait jamais oublié…

— La soirée a été formidable, dit-il.

Les flocons de neige tourbillonnaient autour d'eux, les encerclant d'une blancheur magique.

Soulevant vers lui son visage, Seth la regarda avec intensité.

— Faisons une trêve, d'accord ?

Elle sourit un peu tristement.

— J'aimerais bien mais nous avons déjà essayé, tu t'en souviens ? Et ça n'a pas marché…

— C'est parce que nous ne l'avions pas scellée.

— D'une poignée de mains ?

— D'un baiser, murmura-t-il.

La prenant dans ses bras, il couvrit sa bouche de la sienne. Wendy murmura son nom et l'embrassa encore et encore tandis que le ciel, la neige, la planète tournoyaient autour d'eux.

11.

Après trois jours, au grand soulagement de Wendy, la paix revint chez les Monroe.

Rentrer la tête dans ses épaules quand on a dix ans et que ses parents se disputent n'est pas très agréable mais à vingt-sept ans, c'est insupportable, surtout si vous êtes la cause de leur querelle. De plus, ils se battaient froid sans hausser le ton et elle aurait préféré une franche prise de bec à ces tensions souterraines.

Dans le passé, elle avait parfois été témoin de discussions un peu vives entre eux, en particulier un jour où il avait été question pour leur fille de partir une semaine en vacances chez une amie. Gina voulait autoriser Wendy à accepter cette invitation dont Howard refusait d'entendre parler, prétendant qu'elle ne devait pas perdre ne serait-ce qu'une heure d'entraînement. Sensible aux arguments de son père, Wendy avait fini par renoncer à son projet.

De toute façon, à l'époque où elle était collégienne, elle-même ne pensait plus qu'au ski et sacrifiait tout à cette passion.

Puis au lycée, elle avait fait la connaissance de Seth…

Elle poussa un soupir heureux en pensant à lui. Leur trêve tenait bon. Ils avaient passé les trois dernières soirées ensemble aux Chênes Jumeaux. A chaque fois qu'elle levait la tête, elle le voyait la dévisager. Elle lui souriait et il lui rendait son sourire.

Cette balade dans la neige avait tout changé.

Désormais, ils ne discutaient plus stérilement, ne revenaient plus sur le passé. Ils profitaient simplement de leur mutuelle compagnie. Après avoir mis les filles au lit, Seth l'attendait devant le bed and breakfast. Quand elle avait terminé son service, il l'emmenait dîner quelque part mais, le plus souvent, ils laissaient leurs assiettes refroidir parce qu'ils avaient surtout envie de se regarder et de se parler.

— Tu ne te fatigues pas trop, chérie ? lui avait demandé Gina, ce matin.

C'était sa façon discrète de lui dire qu'elle avait remarqué que Wendy rentrait à la maison plus tard que ses horaires aux Chênes Jumeaux ne le justifiaient. Wendy avait hésité à lui raconter qu'elle sortait avec Seth mais y avait finalement renoncé. Sa mère était trop sentimentale. Elle en aurait tiré des conclusions auxquelles Wendy ne voulait pas songer.

De toute manière, il y avait trop de questions en suspens. Elle ne s'interrogeait pas sur ses sentiments pour Seth. Elle l'aimait, elle le savait, et sentait qu'il tenait toujours à elle. Mais où cela les mènerait-il ? Seth rêvait de mariage, de vivre à Cooper's Corner, d'avoir des enfants… A cette dernière pensée, son cœur se serrait de désespoir.

Et puis, il y avait cette opération. Seth y était opposé mais comment avait-il la possibilité de juger de ce qui était bon ou mauvais pour elle ? Comment aurait-il pu comprendre à quel point il était important pour elle de retrouver ses capacités d'autrefois ? Il ne se doutait même pas de ce qu'elle avait réellement perdu dans cet accident…

Wendy passa la brosse dans ses cheveux et mit une paire de boucles d'oreilles.

Pommier n'allait pas tarder à revenir. Après un dernier regard dans le miroir, elle sortit de sa chambre. On l'attendait aux Chênes Jumeaux.

*
* *

Deux blondinets, une fillette aux cheveux noirs et un petit garçon de l'âge des jumelles, étaient assis en tailleur aux pieds de Wendy dans le salon. Randi et Robin étaient pelotonnées contre elle. Et tous écoutaient Wendy avec attention.

— « Quand Janie entendit le hurlement du loup, sa longue plainte à travers la montagne, elle noua ses bras autour du cou d'Akela et posa un gros baiser sur son museau soyeux, entre ses deux yeux tristes.

» — Je t'en prie, Akela, ne t'en va pas.

» Déchiré, Akela passa sa langue râpeuse sur le visage de l'enfant. Puis il leva la tête et contempla la lune qui brillait dans la nuit noire. Que devait-il faire ? Répondre à l'appel de son ami ou demeurer auprès de la petite fille qu'il aimait ? Il hésitait mais il lui fallait prendre une décision et sans tarder… »

Wendy s'interrompit. On n'entendait que les craquements des bûches dans la cheminée et dans la pièce voisine, les accords mélodieux de Beth Young au piano.

Les enfants poussèrent un long soupir.

— C'est une très belle histoire, murmura Randi.

— Akela devrait rester avec Janie, poursuivit Robin avec gravité, parce qu'il l'aime et qu'elle l'aime.

— Oui, mais le vieux loup est tout seul dans la forêt, remarqua un des petits blonds sur le même ton. Que va faire Akela ? demandat-il à Wendy.

— Oui, renchérit Seth, installé sur une vieille chaise à bascule. Que va-t-il décider ?

— Vous le saurez demain soir quand je vous raconterai la suite, répondit-elle en souriant.

— Mais je ne serai plus là, protesta une petite voix. Nous serons partis !

Wendy regarda la fillette dont les lèvres tremblaient. Avec tendresse, elle la prit sur ses genoux.

— Chérie, lui dit-elle. Quand quittez-vous les Chênes Jumeaux ?

— Demain matin, répondit une femme qui entrait dans le salon. Je suis la maman d'Amy. Elle adore l'heure du conte.

L'heure du conte… Clint avait baptisé ainsi le moment où elle racontait une histoire aux jumelles et aux enfants présents dans l'hôtel. Il avait même inscrit ce nouveau programme sur le tableau de la réception. Wendy en était fière même si elle trouvait qu'il accordait trop d'importance à des récits de rien du tout. Pourtant les paroles de la mère d'Amy lui firent plaisir.

— Il n'est pas question de laisser Amy repartir sans connaître la décision d'Akela, dit-elle. Et si je revenais demain vers 8 heures ?

— Ce serait formidable !

— Alors, c'est entendu, Amy.

Un grand sourire illumina le visage de la petite fille.

— Merci !

— De rien, répondit-elle en l'embrassant. Mais vous autres, ajouta-t-elle, vous devrez patienter jusqu'au soir pour découvrir la suite !

Quelques protestations s'élevèrent, y compris de la part de Seth qui s'approcha d'elle.

— A moi, tu vas la raconter avant, j'espère ?

— Ce ne serait pas juste ! protesta Robin.

— Il n'aura droit à aucun traitement de faveur et attendra comme tout le monde ! Et maintenant, allez vous coucher, les enfants !

— Bonne nuit ! crièrent-ils tous en se levant.

— Attendez-moi cinq minutes, Wendy, dit Clint. Le temps de monter les filles à leur mère. Vous êtes une merveilleuse conteuse.

— M. Cooper a tout à fait raison.

Wendy et Seth se retournèrent. Un homme se dirigeait vers eux, la main tendue.

— Je suis Arnold Worshinsky, se présenta-t-il, le père des deux petits blonds.

— Enchantée.

— Vous avez beaucoup de talent, mademoiselle.

— C'est très gentil de votre part de le dire mais…

— Pas gentil, chérie ! protesta Seth en lui enlaçant les épaules. C'est vrai ! Tu es formidable.

Elle lui sourit. « Chérie », il l'avait appelée chérie, comme autrefois.

— Vous écrivez également, mademoiselle Monroe ?

Troublée par Seth, Wendy tenta de recouvrer ses esprits pour répondre à son interlocuteur.

Mais Seth le fit à sa place.

— Oui, depuis toujours. Au lycée, déjà, elle remplissait des cahiers entiers de contes, de poèmes…

— Tu t'en souviens ?

— Bien sûr ! Tu me les avais montrés et je n'ai rien oublié de ce qui te concerne.

D'un air satisfait, Arnold Worshinsky tendit sa carte de visite à Wendy.

— Si vous avez d'autres histoires, je serais heureux d'en prendre connaissance, mademoiselle. Je publie des livres pour enfants et je suis sûr que vos récits plairaient beaucoup à nos petits lecteurs.

— Mais je ne suis pas écrivain, je suis…

Elle hésita. Qui était-elle ? Elle ne le savait pas vraiment. Lentement, elle mit la carte dans sa poche.

— Merci.

Lorsque l'éditeur sortit, Wendy se tourna vers Seth en riant.

— Pince-moi, je rêve ! Je n'arrive pas à y croire… Quelqu'un veut faire paraître mes contes !

— Ils sont formidables ! N'as-tu pas remarqué comme les gosses étaient suspendus à tes lèvres ? Qui sait ? Tu commences peut-être une nouvelle carrière, une nouvelle vie !

A la lueur d'espoir qui brillait dans les yeux de Seth, Wendy sentit son cœur battre plus vite. Puis elle repensa à ces dernières années, aux exercices de rééducation auxquels elle s'était astreinte si longtemps… Et au secret qui avait failli la détruire.

— Je ne suis pas une conteuse professionnelle, répondit-elle doucement. Je ne suis plus rien à présent. J'ignore pourquoi je ne l'ai pas dit à cet homme.

— D'accord, répliqua Seth en se forçant à sourire. Ne recommençons pas sur ce terrain.

— J'essaie seulement de regarder la réalité en face, Seth.

— Chérie, dit-il en lui caressant doucement les bras. Si tu veux remonter sur des skis, nous pourrions y aller demain.

— C'est impossible avec ma jambe.

— Je ne te propose pas une course contre la montre !

— C'est pourtant ce dont j'ai envie, Seth. Tu ne comprends donc pas !

Sa voix stridente mit Seth en colère. Ces derniers jours, il s'était laissé aller à croire que les choses étaient en train de s'arranger entre eux. S'était-il trompé ?

— Tu ne peux pas revenir en arrière, Wendy. Personne ne le peut.

— Moi, je le dois.

Derrière son ton de défi, son regard trahissait le doute. Il s'adoucit et noua ses doigts aux siens.

— Pourquoi ne te vois-tu pas comme je le fais ? dit-il gentiment. Tu es forte, volontaire, courageuse. Tu es Wendy Monroe.

— Je ne suis plus la Wendy Monroe que tu aimais.

— Bien sûr que si, chérie ! Alors pourquoi risquer le tout pour le tout ? Tu boites, quelle importance ?

— J'ai besoin d'être entière de nouveau, de skier, de concourir, de gagner.

— Est-ce vraiment la vie dont tu rêves ? Ou cherches-tu à t'en convaincre ?

— Comment cela ? lança-t-elle en se raidissant.

Il ne répondit pas. Il ne voulait surtout pas rompre la trêve.

— Wendy, viens skier avec moi, demain.

— Où ?

— Sur la montagne Jiminy.

— C'est une piste pour débutants !

— Et pour ceux qui n'ont pas chaussé leurs skis depuis long-temps.

— Et pour les handicapés !

Brutalement, elle s'écarta de lui et sortit de la pièce.

L'envie d'envoyer Wendy au diable tenaillait Seth. A quoi bon rêver d'amour si on était seul à rêver ?

Pour se calmer, il résolut d'aller couper du bois. Rien de tel que l'effort physique pour évacuer sa frustration, réfléchir et prendre une décision.

Il n'était plus question de permettre à Wendy de le repousser. Il s'était laissé faire autrefois parce qu'il n'était alors qu'un adolescent qui ne connaissait rien aux femmes. Il n'en savait peut-être pas beaucoup plus à présent mais au moins n'avait-il plus dix-neuf ans. Peut-être l'avait-elle éconduit à l'époque parce qu'elle ne le prenait pas au sérieux.

Non. Elle ne l'avait jamais considéré comme un gamin et il était même étonnant qu'un type comme lui ait pu séduire une fille comme elle.

Elle avait grandi dans un village de carte postale, au milieu de gens qui l'aimaient, d'amis qui se souciaient d'elle. Et au moment de leur rencontre, elle était entourée de garçons passionnés comme elle pour le ski.

Seth aimait ce sport mais il le considérait comme un agréable passe-temps. Descendre une piste noire le grisait. Il se sentait alors en communion avec la montagne et la nature.

Wendy aussi partageait cette sensation mais elle désirait également emporter la victoire aux championnats. Il ne le lui reprochait pas. Pourtant il avait toujours eu la conviction que son père l'y poussait.

Avec un gros soupir, Seth reprit son travail.

Peut-être était-ce bien ainsi. Grâce à Howard, elle était devenue une championne. Beaucoup de parents encouragent leurs enfants à devenir les meilleurs. Qui songerait à les en blâmer ?

Mais très vite, gagner était devenu une obsession pour elle. Seth se souvenait de l'épuisement de Wendy les semaines précédant son départ pour la Norvège. Très pâle, les nerfs à vif, elle en perdait l'appétit et le sommeil.

— N'y va pas, lui avait-il dit. Reste ici et épouse-moi.

Il lui avait demandé sa main sur une impulsion. A l'époque, il n'avait pas les moyens de prendre en charge une épouse. Il vivait alors dans une chambre meublée, travaillait sur les pistes. Pourtant, si elle avait accepté, il se serait débrouillé.

Mais elle avait refusé.

« Je dois participer aux Jeux », lui répétait-elle, et il s'était convaincu qu'il devait la laisser partir. Cependant elle avait failli se tuer là-bas. Et à présent, elle semblait obnubilée par cette possibilité de se faire réopérer afin de décrocher cette saleté de médaille.

Le fait qu'ils se soient retrouvés ne semblait pas compter beaucoup aux yeux de Wendy. Seule la gloire avait de l'importance pour elle, apparemment.

Cependant, comme elle l'avait dit ce soir, il s'agissait de sa vie et puisqu'elle voulait redevenir une championne, il devait la présenter à Pommier. Il n'avait pas le choix.

Si l'intervention échouait, elle ne voudrait pas le laisser épouser une handicapée. Et si elle réussissait, elle consacrerait son existence aux compétitions, comme autrefois, et lui serait relégué aux oubliettes. Quoi qu'il fasse, il la perdrait. Il devait l'accepter et oublier les rêves fous qu'ils avaient partagés dix ans plus tôt.

Comment l'aurait-il pu ?

Il lui restait vingt quatre heures, avant le retour de Pommier, vingt quatre heures pour la convaincre qu'elle était parfaite comme elle était, qu'il l'aimait.

Qu'il l'aimait.

Attrapant sa veste, Seth se dirigea en hâte vers la maison.

Wendy se tenait devant la porte de l'hôtel. Elle s'apprêtait à s'en aller. Il lui courut après.

— Wendy !

Quand il la prit dans ses bras et l'embrassa, elle émit un petit cri. Craignant qu'elle ne le repousse, il lui saisit les poignets. Mais elle ne tenta pas de l'écarter. Elle n'esquissa même pas un mouvement de recul. Au contraire, elle lui sauta au cou.

— Seth, murmura-t-elle. Oh, Seth ! Je pensais que tu étais parti.

— Non, je ne te laisserai plus jamais.

Il caressa ses cheveux, son visage et l'embrassa encore.

— Je suis désolé, mon amour.

— Moi aussi, dit-elle entre deux baisers. Ne nous disputons plus. Ne parlons plus de ski, de ma jambe ou de ce qui arrivera demain. Personne ne peut prévoir l'avenir. Je suis mieux placée que quiconque pour le savoir.

Elle se trompait. Il allait provoquer le destin. En partie, en tout cas. Sans doute avait-il eu tort de lui cacher les liens d'amitié qu'il entretenait avec Pommier. Mais il ne voulait pas lui en parler avant d'être certain de l'accord de Pommier. Il devait d'abord persuader le chirurgien de la recevoir.

Après cela, quoi qu'elle décide, il l'accepterait. Mais le médecin ne revenait pas avant demain. Il avait cette nuit pour faire entendre raison à la femme qu'il aimait.

Pour l'instant, tout ce qui lui importait était de la serrer dans ses bras, leurs cœurs battant à l'unisson.

En sourdine, Beth jouait une vieille mélodie d'amour dans le salon et cela fit revenir Seth dix ans en arrière, à une nuit qu'il n'avait jamais oubliée.

— Wendy, tu te souviens de cette soirée dans la montagne Sawtooth ?

Avec un petit rire, elle enfouit son visage dans son cou.

— Nous en avons connu beaucoup là-haut !

— C'est vrai. Mais je me souviens d'une en particulier.

Il commença à se mouvoir au son de la musique, la tête de Wendy nichée au creux de son épaule.

— C'était l'été. Nous sommes montés dans la montagne. Dans le camion, la radio jouait un air de musique un peu nostalgique que nous aimions particulièrement. Et …

— Nous avons retiré nos chaussures…

— Puis nous avons dansé dans cette petite clairière au clair de la lune…

— Et tu m'as embrassée, poursuivit-elle. Puis nous avons fait l'amour pour la toute première fois.

Leurs bouches s'unirent dans un tendre baiser et, comme autrefois, ils se balancèrent, enlacés, dans l'obscurité.

Lorsque Seth passa ses mains sous le manteau de la jeune femme, promena ses doigts sur sa peau douce et caressa ses seins, elle ne put réprimer un gémissement de plaisir.

— Seth, murmura-t-elle en l'étreignant avec toute la passion qu'ils avaient si longtemps partagée.

Il n'y avait qu'une façon de finir cette nuit.

— Wendy, la supplia-t-il d'une voix rauque. Mon amour, viens avec moi.

— Oui, bien sûr mais où ?

— Il n'y a qu'un endroit pour nous, chérie.

Avec un sourire complice, elle leva les yeux vers lui.

— La montagne Sawtooth ? Mais nous sommes au cœur de l'hiver, nous allons geler là-haut, dit-elle en riant.

Il n'avait jamais rien entendu de plus beau que son rire cristallin.

— Tu n'auras pas froid, je te le promets.

Il l'embrassa encore, lui dévora le cou, la gorge.

— Je t'aime, Wendy.

Tendrement, elle passa la main dans ses cheveux.

— Comment le peux-tu ? J'ai été tellement…

— Je t'ai toujours aimée, mon amour.

— Moi aussi, je t'aime, Seth. Je n'ai jamais cessé de te chérir. Emmène-moi.

Le cœur battant, Seth la souleva dans ses bras. Elle enfouit la tête dans son cou et il la porta jusqu'à son camion. Enlacés, ils partirent dans la nuit.

12.

Un chasse-neige déblayait la route et Seth dut rouler au pas derrière lui. La neige tombait si fort qu'elle recouvrait aussitôt d'une épaisse couche blanche le bitume dégagé.

Dans le camion, Wendy sentait son euphorie se dissiper. N'était-elle pas en train de faire une terrible erreur ? Elle frissonna et Seth lui prit la main.

— Tu as froid, mon amour ?

Elle réussit à lui sourire.

— Peut-être un peu.

Il poussa le chauffage à fond et resserra la pression de ses doigts. Comme il était fort ! pensa-t-elle. Il avait traversé toutes les épreuves de son existence sans jamais perdre confiance en lui et en l'avenir. Elle mesura soudain à quel point il lui avait manqué.

— Tu vas vite te réchauffer, assura-t-il.

Comment l'aurait-elle pu ? Elle souffrait d'un froid intérieur. Son cœur était glacé. Elle avait tant fait souffrir cet homme qu'elle aimait.

— Je me sens déjà mieux, prétendit-elle.

Malgré ses efforts pour avoir l'air détendue et heureuse, Seth devina son malaise.

— Wendy, ma chérie, si tu regrettes…

— Non.

144

En vérité, le doute s'insinuait dans son esprit mais elle ne le lui dit pas. Cette nuit était pour eux et elle ne maîtrisait pas la suite. Wendy l'avait appris ces dernières années. Elle avait cru pouvoir tout planifier mais, en dernier ressort, c'était la vie — et elle seule — qui décidait.

— Non, répéta-t-elle doucement en embrassant leurs mains enlacées. J'ai envie d'être avec toi, ce soir.

A ces mots, le cœur de Seth battit plus vite mais il avait entendu la restriction qu'elle précisait dès le départ : « ce soir ». Ils n'en partageraient peut-être pas d'autres. Il refusa d'y songer.

— Je me suis souvent imaginé te ramener dans la montagne…

Avec un soupir, elle hocha la tête.

— Je me souviens très bien de la première fois où nous y sommes montés. Tu te rappelles ?

S'il se rappelait ? Pendant des années, ces souvenirs l'avaient empêché de sombrer dans la folie.

— Un homme peut-il oublier le premier baiser qu'il donne à la fille de ses rêves ? dit-il en lui caressant le visage. C'était la troisième fois que nous sortions ensemble.

— La quatrième, corrigea-t-elle. Je n'aurais jamais accepté d'embrasser un garçon plus tôt !

— Oui, mais tu n'étais pas avec n'importe qui, chérie. Mais avec moi, Seth Castleman !

Elle se mit à rire.

— Tu sais, j'aimais beaucoup ton vieux camion. Il était étroit et…

— Tu te pelotonnais contre moi, au creux de mon épaule.

— Nous étions bien…

— Un policier nous avait arrêtés, un jour, tu t'en souviens ? Il nous avait sermonnés parce que nous n'avions pas attaché nos ceintures de sécurité. En échange de notre promesse de ne pas recommencer, il ne nous avait pas verbalisés. Puis il nous avait raconté qu'il avait une fille de notre âge et qu'il espérait que nous ne faisions pas de bêtises. Eh bien, tu ne le croiras jamais, j'ai travaillé pour lui, il y a quelques années !

— Tu plaisantes !

— Sa tête me disait quelque chose mais j'ai eu besoin de vingt quatre heures pour remettre un nom sur son visage.

— T'a-t-il reconnu ?

— J'en doutais car il ne m'en a pas soufflé mot avant le dernier jour. Après m'avoir fait mon chèque, il m'a félicité de mon travail puis il m'a tapé sur l'épaule et m'a demandé si j'avais suivi son conseil et si je m'étais bien tenu ce soir-là.

Wendy éclata de rire.

— Qu'as-tu répondu ?

— Rien ! J'étais interloqué ! Alors il m'a expliqué en souriant qu'il avait eu dix neuf ans, lui aussi, et que c'était la raison pour laquelle il ne nous avait pas donné d'amende… Nous nous sommes serré la main. Puis…

— Puis ?

— Rien, grommela-t-il d'une voix sombre.

— Je t'en prie, Seth ! Que s'est-il passé alors ?

— Il a voulu savoir si nous étions toujours ensemble, reprit-il en lui lâchant la main. Je lui ai dit que je ne t'avais pas revue depuis des années. Jusqu'alors, j'avais presque réussi à t'oublier mais ensuite…

— Non !

Dans un élan, Wendy défit sa ceinture et se serra contre Seth aussi étroitement qu'elle le put.

— C'était pareil pour moi, lui assura-t-elle. Tu m'as terriblement manqué. Chaque jour, chaque nuit, je pensais à toi.

« Alors pourquoi avoir refusé de me voir ? Pourquoi es-tu restée en Europe au lieu de revenir vers moi ? »

Ces questions le rendaient fou même s'il en connaissait déjà les réponses. Elle s'imaginait qu'il ne voudrait plus d'elle ou qu'une vie avec lui ne lui suffisait pas.

146

Non, il ne devait pas y songer. Pas cette nuit. Il allait la mettre dans son lit, son lit où aucune femme n'avait jamais dormi, dans la maison qu'il avait construite — il le devinait au fond de son cœur — pour elle.

D'une rapide caresse, il lui effleura les cheveux.

— Attache-toi, Wendy. La route est glissante.

— Mais nous sommes presque arrivés… Oh, Seth !

Penchée en avant, elle scruta l'obscurité.

— Il y a un chalet sur notre montagne ! Quelqu'un s'est installé sur notre coin !

— Oui.

— Tu le savais ? Pourquoi ne m'en as-tu rien dit ? Qui a…

La voix de Wendy se brisa de déception. Rien n'était plus pareil. Sa vie l'avait prouvé mais elle ne s'attendait pas à…

Seth lui prit la main.

— Mon amour, ne t'inquiète pas. Pardonne-moi, je voulais te faire la surprise. C'est ma maison.

— Ta maison ? répéta-t-elle, stupéfaite.

— J'ai acheté le terrain dès que j'en ai eu les moyens et j'ai commencé à la construire, il y a deux ou trois ans. Je ne l'ai pas complètement terminée, en fait, mais…

Il se sentait terriblement nerveux. Combien de fois s'était-il vu amener Wendy ici ? Aimerait-elle ce chalet qu'il avait bâti de ses propres mains ? Se souviendrait-elle de celui qu'ils avaient imaginé ensemble dans ses moindres détails et remarquerait-elle que tout y était ?

Le regard brillant, elle se tourna vers lui.

— Elle est magnifique ! C'est celle dont nous avions rêvé.

La porte du garage s'ouvrit et Seth s'engouffra à l'intérieur.

— Tout y est, confirma-t-il. Je l'ai construite pour toi.

Emerveillée, elle le dévisagea.

Des petites rides s'étaient formées au coin de ses yeux, son front plissait légèrement. Le temps avait marqué ses traits mais Seth était toujours l'homme dont elle était tombée amoureuse. Il l'avait toujours été, le serait toujours et soudain, elle eut envie de balayer toutes ces années perdues.

— C'est le plus beau cadeau du monde, Seth. Merci !

A l'amour qui perçait dans sa voix, Seth sentit sa gorge se serrer. Sautant du camion, il la porta à l'intérieur. Enfin, il tenait celle qu'il aimait contre son cœur.

La neige avait cessé de tomber et la lune pâle illuminait le hall, l'escalier, le lit.

— Je t'ai imaginée ici des milliers de fois, lui dit-il doucement. Dans cette chambre, tout contre moi.

Il la mit sur ses pieds et l'embrassa. Elle lui rendit ses baisers avec tendresse, des petits baisers qui devinrent plus voraces tandis qu'il lui retirait son manteau et qu'elle lui ouvrait son blouson. Leurs habits tombèrent sur le sol et, quand ils furent nus, il y avait à leurs pieds leurs vêtements et toutes ces années de séparation, de souffrances, de solitude…

Longtemps, ils se regardèrent. Puis Seth la reprit dans ses bras. Enfin, elle était là, offerte. Sa peau était douce comme de la soie. Elle était la femme de ses rêves. Comment avait-il pu survivre sans elle ?

Au contact du corps chaud et musclé de Seth, Wendy retint sa respiration. Elle était folle de désir, terrifiée de la profondeur de ce qu'elle éprouvait. Et si ce n'était pas comme avant, aussi fort que dans ses souvenirs ?

Devinant ses craintes, Seth l'embrassa avec tendresse.

— Doucement, mon amour, doucement, chuchota-t-il. Nous avons toute la vie devant nous.

Il voulait lui donner du temps. Mais elle ne pouvait plus attendre. Elle avait envie de lui, de ses mains, de sa bouche, d'être à lui. Se collant étroitement contre lui, elle frotta son ventre contre le sien.

— Wendy, gémit-il.

— Oui, chuchota-t-elle. Oui.

148

Il la porta jusqu'au lit, la coucha contre les oreillers tandis que dehors, les flocons de neige reprenaient leur danse dans le vent.

Penché sur elle, il l'embrassa sur la bouche, dans le cou, sur ses seins et elle s'arqua de désir.

— Seth, viens, viens…

Il promena ses mains sur sa peau brûlante, se glissa entre ses cuisses. Lorsqu'il l'embrassa encore, il crut mourir de bonheur. Il avait attendu si longtemps ce moment…

Rapidement, il se protégea et la pénétra. Elle était douce et chaude, comme la première fois qu'ils avaient fait l'amour. Ses gémissements de plaisir étaient les mêmes et quand elle s'accrocha à ses épaules et hurla son nom dans un cri d'extase, il avait dix-neuf ans, elle dix-huit, et rien ne comptait plus que leur amour.

Il vit son visage métamorphosé par la jouissance et il oublia ces années de solitude, de colère, d'incompréhension pour se fondre dans le corps de la seule femme qu'il ait jamais aimée.

Beaucoup plus tard, Wendy s'étira langoureusement.

— Je suis bien…

Seth sourit et l'embrassa avec tendresse. Il voulut se retirer d'elle mais elle le retint.

— Ne t'en va pas.

— Je suis trop lourd pour toi.

— Pas du tout et j'adore te sentir au creux de moi.

Sans la lâcher, il roula sur le côté et l'étreignit contre lui.

— J'ai l'intention de passer en toi le reste de ma vie.

— Cela me plairait, dit-elle en souriant.

Un bon moment, ils restèrent enlacés dans les bras l'un de l'autre. Seth ferma les yeux. Etait-ce le moment de lui dire les liens qui l'unissaient à Pommier ? Ferait-il mieux d'attendre ? Non. Il avait déjà trop longtemps tergiversé.

— Mon amour ? Il faut que nous parlions.

Wendy fit la moue. Il avait raison, bien sûr, mais elle n'avait pas envie de discuter ce soir, pas avec cette joie merveilleuse qui lui étreignait le cœur.

— Pas tout de suite.

— Chérie…

— Je t'en prie… plus tard.

Elle se glissa sur lui, se frotta contre lui comme une chatte. Il n'avait aucune chance.

Oubliant ce qu'il voulait lui dire, il prit son visage entre ses mains et l'embrassa avidement. Sa bouche si douce avait le goût du nectar d'un millier de fleurs. Il lui mordilla la gorge, les seins, la taille. Son parfum de femme chatouilla ses narines tandis qu'il promenait sa langue sur son ventre et descendait lentement.

— Non ! cria-t-elle dans le silence. N'approche pas ma jambe, Seth ! Je t'en prie, elle est horrible !

— Rien de ce qui est toi ne peut me dégoûter, chérie.

Elle retint son souffle tandis que ses lèvres viriles se posaient sur ses chairs à jamais meurtries. Les larmes aux yeux, Wendy rejeta la tête sur l'oreiller.

— Pourquoi fais-tu cela ? Je veux que tu te souviennes de moi telle que j'étais.

Sa tristesse était si intense qu'il sentit son cœur se serrer.

— Tu es celle que tu étais, plus belle encore, plus forte, plus courageuse. Je t'aime, Wendy. Pensais-tu vraiment que des cicatrices pouvaient y changer quoi que ce soit ?

Il chuchota son nom, reprit sa bouche, la caressa jusqu'à ce qu'elle pousse un soupir de plaisir.

— Wendy…

Ecartant doucement ses cuisses, il l'embrassa au creux de sa féminité, là où elle était la plus douce, la plus chaude. Elle gémit, s'accrocha à lui et cria de plaisir. Alors Seth la pénétra de nouveau avec un grognement.

— Tu es mienne, dit-il. Pour toujours.

— Oui, oui, oui.

Puis au-delà des mots, ils s'aimèrent.

Seth s'éveilla dans la nuit. La place à côté de lui était vide.

Il se mit sur son séant. Il était presque 1 heure du matin et le vent soufflait fort derrière les vitres.

— Wendy ?

Etait-elle partie ? Comment l'aurait-elle pu ? Elle n'avait aucun moyen de redescendre la montagne et de plus, elle ne l'aurait pas laissé, pas après cette nuit.

Il rejeta ses couvertures, enfila son jean et descendit à pas de loup l'escalier. Lui tournant le dos, Wendy était assise dans la cuisine, une tasse fumante à la main.

Combien de fois avait-il rêvé de la voir ainsi, les cheveux défaits, ses boucles rousses qu'il aimait tant flottant sur ses épaules. Elle avait passé la chemise en flanelle de Seth. Le vêtement couvrait le haut de ses cuisses mais à la vue de ses cicatrices, il se demanda comment elle avait survécu à de si graves blessures.

De tout son être, il eut envie d'aller vers elle et de presser sa bouche contre ses chairs meurtries mais il savait que ce serait une erreur. Depuis l'accident, elle ne supportait pas son corps abîmé et encore moins le regard d'un autre…

Il dut faire du bruit parce qu'elle se retourna en serrant plus étroitement le tissu contre elle.

— Ça va ? s'enquit Seth avec inquiétude.

— Très bien. Je me suis fait un peu de thé.

Elle regarda ses jambes, rougit et tenta d'étirer plus bas la chemise pour les dissimuler.

— Je n'arrivais pas à dormir.

Soulevant son épaisse chevelure, il l'embrassa dans le cou.

— Il fallait me réveiller.

— Ce n'était pas la peine. Je vais appeler mes parents aussi.

— A 1 heure du matin ?

— Ils doivent s'inquiéter.

— Je comprends.

Ce n'était pas vrai. Elle semblait s'être rétractée depuis tout à l'heure. Que s'était-il passé entre le moment où ils avaient fait l'amour et maintenant ?

D'un signe de tête, il désigna la bouilloire.

— Tu veux une autre tasse ?

— Non, merci, il faut que je rentre chez moi.

« Tu es ici chez toi », fut-il tenté de lui dire mais, instinctivement, il préféra se taire.

— Tu as vu le temps dehors ? Les routes sont sûrement impraticables avec toute cette neige …

— Peut-être, Seth, mais…

Il lui prit les mains. Elles étaient glacées.

— Qu'est-ce qui ne va pas, mon amour ? T'ai-je fait mal ?

Avec un faible sourire, Wendy secoua la tête.

— Faire l'amour avec toi a été merveilleux, Seth. Mais cela risque de compliquer la situation, ajouta-t-elle d'une petite voix.

Elle enfouit son visage dans son cou. Il la caressa et l'obligea à relever la tête. A la vue de la tristesse de son regard, il sentit son cœur se serrer.

— Comment ce que nous éprouvons l'un pour l'autre peut-il compliquer quoi que ce soit ? s'enquit-il avec douceur.

— Tout a été bouleversé le jour où je suis tombée.

— Je sais. Et c'est à toi que c'est arrivé, pas à moi. J'ai été égoïste de ne pas comprendre plus tôt ce que cela signifiait pour toi.

— Tout me paraissait clair à Paris. Je rentrerais à Cooper's Corner, je rencontrerais ce médecin, il accepterait de me réopérer et… je serais de nouveau moi-même. Mais je me rends compte, à présent, que j'ai été folle, Seth. Comment une intervention pourrait-elle me ramener en arrière ?

L'espoir s'empara de Seth.

— Tu as changé d'avis à propos de cette opération ?

Elle sourit.

— Tu crois toujours qu'elle serait une erreur ?

— Ce que je crois n'a pas d'importance, déclara-t-il avec sincérité.

Avec douceur, elle promena sa main sur son visage viril.

— Merci de le dire. Mais je ne suis pas capable de répondre à ta question. Je ne sais plus ce que je veux. La seule chose dont je sois sûre, c'est que nous devons parler. De moi, de nous, de ce qui s'est passé en Norvège.

Seth regarda cette femme qu'il n'avait jamais cessé d'aimer et comprit qu'elle avait raison. Il devait lui dévoiler ses liens avec Pommier. Et peut-être la perdrait-il alors… Mais pas maintenant, alors qu'il venait juste de la retrouver.

— D'accord, dit-il. Mettons-nous au lit pour discuter.

Sous la couette, il commença à l'embrasser, à la caresser dans la pénombre.

— Voilà une bien curieuse façon d'entamer une conversation, remarqua-t-elle en riant.

— Je n'en connais pas de meilleure…

— Je t'aime, Seth. Tu ne peux pas deviner à quel point.

Il prit sa bouche, se glissa entre ses cuisses et la pénétra profondément. Wendy cria, s'arc-bouta à lui et bientôt l'océan tumultueux de la passion les emporta loin du monde.

13.

Wendy ouvrit un œil, tirée du sommeil par l'odeur d'un café fraîchement moulu … et par la chaleur de la bouche de Seth contre la sienne.

Avec un sourire, elle noua les bras autour de son cou.

Seth se blottit contre elle.

— Allez, la marmotte, lève-toi, lui dit-il en l'embrassant.

— Quelle heure est-il ? demanda-t-elle d'une voix ensommeillée.

— Tu n'es pas une matinale, on dirait ! C'est fou ce qu'un homme apprend d'une femme la première fois qu'ils passent une nuit ensemble.

Elle le regarda, les yeux brillants.

— C'est vrai, c'est notre première nuit entière ensemble.

— Et la première fois que nous faisons l'amour dans un lit ! Viens, j'ai préparé du café, du jus d'orange et des tartines. Cela te va ?

— Je suis impressionnée !

— Je préfère te prévenir que mes talents culinaires s'arrêtent là.

Wendy se mit à rire et ils échangèrent un long baiser langoureux. Puis elle soupira.

— Quelle heure est-il ? Très tôt, sûrement. Tu dois aller travailler…

— Non, mon patron m'a donné ma journée.

154

— Etre à son compte a des avantages ! dit-elle en s'esclaffant. Mais alors pourquoi m'avoir réveillée à l'aube ?

— Tu as un rendez-vous à 8 heures…

Elle le dévisagea sans comprendre puis, brusquement, la mémoire lui revint.

— Seigneur ! Amy ! J'ai promis de la retrouver aux Chênes Jumeaux ! Comment ai-je pu oublier ?

— Cela s'explique très bien, répliqua Seth d'une voix rauque. Et j'en suis flatté.

— Laisse ton ego surdimensionné tranquille, Castleman. Il faut que je me lave et m'habille en vitesse.

— Ne t'inquiète pas, nous avons tout le temps. Il est 6 heures. J'avais envie de commencer la journée en douceur. Sais-tu à quoi nous pourrions nous occuper en attendant l'heure de ton rendez-vous ?

Comme il promenait sa bouche sur son corps alangui, elle l'attira à elle.

— J'ai plein d'idées, murmura-t-elle.

Dans le salon des Chênes Jumeaux, aucun bruit ne venait interrompre Wendy tandis qu'elle racontait les aventures d'Akela, le chien de traîneau, et de Janie.

Elle avait dit que les autres devraient patienter jusqu'au soir pour entendre la suite de l'histoire mais, à son arrivée, les enfants et leurs parents l'attendaient avec impatience et elle n'avait pas eu le cœur à les décevoir. Tous étaient suspendus à ses lèvres.

— « Akela posa sa grosse tête sur l'épaule de Janie : Je dois retrouver le vieux loup mais je t'aimerai toujours, lui dit-il. »

Un léger soupir s'éleva du groupe d'enfants assis sur le tapis. Personne ne bougeait. Même Robin et Randi semblaient transformées en statues de sel.

— « Le cœur de Janie se serra de tristesse. Elle avait envie de pleurer. Mais c'était une petite fille courageuse, Akela l'avait toujours dit. Alors, refoulant son chagrin, elle noua les bras autour de son cou. »

Un homme assis à côté de Seth se pencha vers lui.

— Elle est géniale, chuchota-t-il.

— C'est vrai, répondit Seth en souriant.

— « Mais je reviendrai te voir, Janie, poursuivit Akela. Chaque automne, quand la toundra se couvrira d'or et de pourpre, écoute le vent à la nouvelle lune. Tu entendras mon chant et tu comprendras que je suis en marche pour te rejoindre et passer l'hiver avec toi… »

Tenus en haleine, les enfants fixaient Wendy de leurs grands yeux en retenant difficilement leurs larmes.

Emu, Seth la revit, blottie contre lui après l'amour, ce matin.

— Tu m'as tellement manqué toutes ces années, lui avait-elle confié. Si tu savais combien de fois j'ai rêvé de sauter dans un avion pour me retrouver dans tes bras…

— Mais tu ne l'as pas fait…

— Je ne pouvais pas… Je ne t'ai pas tout dit à propos de cette chute et de ses suites.

— Ne te sens pas obligée de m'expliquer, mon amour, lui avait-il répondu avec douceur. J'ai compris, à présent. Tu avais l'impression d'avoir perdu ce que tu étais, ton identité.

— Quand je me suis retrouvée sur ce lit d'hôpital, j'ai pris cons-cience que j'avais tout gâché. A cause de cet accident, je devais renoncer non seulement à être une championne, à avoir une chance de décrocher une médaille d'or mais aussi, surtout, à construire ma vie avec toi. J'avais raté les deux Wendy Monroe…

Les mots de la jeune femme l'avaient abasourdi. Comment avait-elle pu croire que ses blessures feraient une différence pour lui ? Il n'avait jamais cessé de l'aimer, comment avait-elle pu en douter ? Il n'avait jamais voulu que la rendre heureuse, l'épouser afin de remplir leur vie de rires et d'enfants.

Toute la matinée, il le lui avait dit et répété mais, au lieu du sourire qu'il avait espéré, il avait vu le visage de Wendy se fermer.

— Il se fait tard, avait-elle remarqué. Il faut nous préparer pour ne pas arriver en retard aux Chênes Jumeaux.

Seth avait alors compris que tout n'allait pas finir comme dans un conte de fées. Wendy n'était pas vraiment revenue vers lui. Elle lui avait offert une seule nuit, il devait l'accepter. C'était la vie.

Mais en la regardant raconter cette merveilleuse histoire aux enfants, il eut envie de se battre, de la convaincre qu'ils étaient faits l'un pour l'autre.

Lorsque Wendy se tut, chacun resta un long moment silencieux puis un tonnerre d'applaudissements se fit entendre. Et petits et grands se précipitèrent vers elle pour la remercier. Quand tout le monde eut quitté la pièce, Seth s'approcha d'elle.

— Tu as été formidable ! lui dit-il en l'embrassant. Mais à présent, je te veux tout à moi… pour une journée remplie de surprises.

— Encore des surprises ? s'enquit-elle en souriant. Vont-elles me plaire autant que ta maison ?

— On verra, dit-il en l'aidant à passer son manteau. Je le crois.

— J'ai hâte !

— Je suis sérieux. Fais-moi confiance, d'accord ?

Elle hocha la tête mais il la sentit un peu désorientée.

Lorsque, à l'aube, elle s'était endormie dans ses bras, il s'était glissé silencieusement hors du lit et avait consulté son répondeur.

Comme il l'espérait, Pommier lui avait laissé un message pour le prévenir qu'il rentrait à Cooper's Corner. Pouvaient-ils se retrouver aux Chênes Jumeaux ce soir ? Seth l'avait rappelé aussitôt.

— Vous vous souvenez de ce que je vous avais dit à propos de Wendy Monroe, Doc ? Eh bien, à présent, je vous demande de la recevoir. Vous avez juré de ne plus prendre de nouveaux patients, c'est vrai, et je sais que je me sers de notre relation…

— Tante Augusta est toujours prête, lui avait répondu Rod.

Seth avait raccroché en riant. Puis il avait contacté Larry Cohen, le bénévole avec qui il apprenait aux enfants à skier pour lui annoncer qu'il viendrait accompagné cet après-midi.

Refusant de considérer toutes les conséquences possibles de son appel, il s'était mis en devoir de préparer le petit déjeuner.

Il jeta un regard de biais à Wendy, assise à côté de lui dans le camion. Quand il la présenterait à Pommier, elle serait folle de joie, il en était certain. Mais lorsqu'elle comprendrait où il avait l'intention de l'emmener maintenant…

Il prenait beaucoup de risques. Peut-être perdrait-il alors toutes ses chances avec elle. Mais il n'avait pas le choix. Il aimait Wendy, il devait le faire, lui montrer qu'il y avait plusieurs manières d'être une gagnante dans la vie.

— Où allons-nous, Seth ? s'enquit-elle soudain.

Volontairement, il avait emprunté une route secondaire pour ne pas lui laisser deviner plus tôt leur destination.

— A Jiminy, dit-il en se raidissant.

Comme il fallait s'en douter, Wendy le dévisagea comme s'il était devenu fou.

— Pas question !

— Nous sommes attendus.

— Attendus ? Et par qui ?

— Je donne bénévolement des leçons à des gosses défavorisés avec un ami. Je l'ai prévenu de notre arrivée.

— Pourquoi ? Qu'ai-je à faire au milieu de tout ça ?

— Il s'agit d'apprendre le ski à des enfants et il me semble que tu aimes les deux.

— Je déteste skier !

— Tu veux risquer une opération dangereuse pour faire quelque chose que tu détestes ?

— Pour participer à des compétitions ! Cela n'a rien à voir !

— Lorsque nous nous sommes rencontrés, tu ne dévalais pas les pentes pour décrocher une médaille mais parce que tu adorais cela.

— Tu parles du passé.

158

— Cela fait toujours partie de toi, même si tu as décidé de le renier.

Wendy le regarda. Comment pouvait-il savoir ce qu'elle éprouvait ? Ses médecins aussi avaient ce travers. Quand la laisserait-on décider de sa vie ?

Le visage tourné vers la fenêtre, elle contempla la forêt de sapins enneigée. Quelle erreur d'être retombée amoureuse de Seth ! Elle n'avait pas voulu que cela arrive mais, lorsqu'il l'avait embrassée devant le Purple Panda, elle avait retrouvé la saveur de l'amour et l'envie d'y goûter de nouveau.

Ce qu'elle lui avait dit à propos des deux Wendy était vrai. L'une se battait pour gagner les championnats, l'autre rêvait d'être épouse et mère. Aucune n'avait survécu à l'accident. A présent, le nouveau procédé de Pommier lui offrait la possibilité de revenir à la vie.

Il lui fallait tenter sa chance ou en mourir.

Les larmes aux yeux, elle se détourna de la forêt et aperçut soudain le mont Jiminy dressé devant eux.

Pendant un moment, elle ne ressentit rien. C'était une simple montagne – presque une colline comparée aux pentes qu'elle avait dévalées dans le passé dans le Colorado — mais c'était là qu'elle avait appris à skier, connu pour la première fois l'ivresse de la vitesse.

Une sorte de déclic se produisit soudain au fond d'elle-même et, libérée, elle reconnut que Seth avait raison. Elle appartenait à cet endroit, là où les cimes s'unissaient au ciel, à ce royaume du vent et de la neige.

Ils arrivaient.

En regardant les pistes, Wendy se souvint avec émotion de l'époque où elle les descendait à toute allure. Grisée, le vent dans ses cheveux, elle se sentait pleinement vivante.

Seth se gara et la dévisagea avec inquiétude. A la vue de ses larmes, il la prit par le cou.

— Mon amour, dit-il d'une voix rauque de tristesse. Je suis désolé, je n'aurais pas dû…

Lorsqu'elle releva la tête, il en crut à peine ses yeux. Les joues de Wendy ruisselaient mais son regard brillait et son sourire était éclatant.

— Chérie ?

Avec un rire cristallin, elle se jeta dans ses bras pour l'embrasser et Seth fut certain que sa Wendy était revenue.

En voyant les enfants emmitouflés dans leurs anoraks et leurs combinaisons, Wendy se demanda comment ils parvenaient à se relever quand ils tombaient.

Et pourtant, ils multipliaient les chutes ! Mais sans se décourager, ils se remettaient debout et repartaient à l'assaut de la montagne.

Au début, Wendy se contenta de regarder mais très vite, elle proposa son aide. Lorsque Seth lui suggéra de chausser des skis, elle n'hésita pas vraiment. Comment aurait-elle pu autrement montrer aux gosses à faire un chasse-neige ?

Comment aurait-elle pu autrement se rappeler à quel point elle aimait skier ?

Après le cours, elle ne fut pas plus capable de refuser d'accompagner Seth sur une piste de difficulté moyenne.

Quand, à la fin de l'après-midi, il déclara qu'il était fourbu, Wendy en douta. Avec ses joues rougies par le froid, ses yeux brillants, son sourire lumineux, il resplendissait de force. En vérité, il s'inquiétait d'elle. Sa jambe tirait un peu, oui, mais c'était une douleur merveilleuse. Elle se sentait bien, en harmonie avec l'univers, pleinement heureuse ! La nuit dernière, elle avait fait l'amour avec Seth, aujourd'hui, elle redécouvrait avec lui la montagne…

Sa vie entière pourrait-elle être ainsi, si remplie de joies qu'elle craignait presque d'éclater de bonheur ?

Sur le chemin du retour, elle se pelotonna contre Seth jusqu'à Cooper's Corner. Lorsqu'il commença à s'excuser de l'avoir emmenée à Jiminy sans lui demander son avis, elle l'interrompit.

— C'est vrai, dit-elle en lui caressant la joue. Tu as fait quelque chose de terrible… mais je t'en remercie. Je voulais oublier à quel point j'aime skier, je crois. J'avais tort…

— Une autre fois, nous pourrons essayer des pistes plus difficiles, si tu veux.

— Tu parles ! Dès demain à la première heure, d'accord ?

Seth lui sourit. Il trouvait merveilleux de la voir ainsi.

— Tu es contente, n'est-ce pas ? lui demanda-t-il avec douceur.

— Oui, totalement. Tu sais, j'ai été lâche.

— Non, je comprends pourquoi tu n'avais plus envie de skier.

— Je ne pensais pas au ski… Je faisais allusion à la manière dont je t'ai tourné le dos en Norvège.

— Tu n'as pas à te justifier, mon amour.

— Si, si, il le faut. Tu as le droit d'en connaître les raisons.

— Je les connais déjà, répondit Seth en lui saisissant la main. L'accident t'a démolie. Si je n'avais pas été autant centré sur ma petite personne, j'en aurais pris conscience plus tôt…

— C'est vrai mais il y a autre chose que tu dois apprendre…

Comme ils arrivaient aux Chênes Jumeaux, Seth se gara devant la voiture que Wendy avait laissée là depuis la veille. Il se tourna vers elle.

— J'ai, moi aussi, une importante nouvelle pour toi. Laisse-moi commencer, d'accord ?

Elle sourit.

— Une autre surprise ?

— Oui, dit-il en lui serrant plus fort la main. Tu es revenue à Cooper's Corner parce que tu voulais faire la connaissance de Rod Pommier et le convaincre de t'opérer, n'est-ce pas ?

Avec un soupir, Wendy hocha la tête.

— Je désespère d'y parvenir. Mon père pensait réussir à m'obtenir un entretien avec lui mais…

— Je vais l'organiser pour toi.

— Toi ? s'enquit-elle, perplexe. Comment pourrais-tu me faire rencontrer Pommier ?

Seth hésita. Ce qu'il allait lui annoncer la rendrait folle de joie mais il espérait qu'il en serait de même pour lui.

— Je le connais…

Stupéfaite, elle le dévisagea.

— Tu l'as croisé sur les pistes ?

— Nous sommes amis… pas au point de nous taper sur le ventre mais Rod est…

— Rod ?

Il ne comprit pas la colère qui perçait dans sa voix.

— Il a acheté un chalet et m'a chargé de le restaurer.

— Depuis quand ?

— Une dizaine de jours, peut-être.

D'un geste brusque, Wendy libéra ses mains.

— Je rêve ! Tu savais que je cherchais par tous les moyens à m'entretenir avec lui, tu avais l'opportunité de m'aider depuis des semaines et tu ne l'as pas fait !

— Chérie, dit-il d'un ton apaisant. Je ne t'en ai pas parlé plus tôt parce que j'estimais que tu faisais une erreur. D'ailleurs, je le crois toujours mais je pense finalement que c'est à toi d'en décider, aussi t'ai-je arrangé ce rendez-vous avec Pommier.

— Comme c'est généreux de ta part !

Au regard furieux qu'elle lui lança, il devina que, contrairement à ce qu'il s'était imaginé, elle ne prenait pas sa proposition pour un cadeau.

— Essaie de comprendre, Wendy. J'avais peur pour toi et je craignais que tu souhaites cette intervention pour de mauvaises raisons.

— Tu m'as donc confisqué la possibilité de me faire opérer ! Tu as décidé à ma place !

Seth frappa le volant du plat de sa main.

— D'accord, j'ai eu tort, reconnut-il. Mais j'ai agi par amour. Cela ne compte pas à tes yeux ?

— L'amour ne donne pas le droit de diriger la vie d'autrui. Tu me l'as déclaré toi-même, un jour, à propos de mon père !

— Cela n'a rien à voir ! protesta-t-il, s'efforçant de rester patient. Howard était prêt à te faire prendre tous les risques pour une médaille.

— Et toi, tu me les interdis ! Apparemment, je n'ai aucun mot à dire sur le sujet ! Il s'agit pourtant de ce qui va m'arriver, de ce qui me concerne !

— Chérie, je voulais te protéger, c'est tout.

Les yeux remplis de colère, elle sortit du camion.

— Tu ne le peux pas ! C'est trop tard ! Cet accident m'a déjà tout pris ! J'ai passé des années à essayer de vivre en sachant que Wendy Monroe n'existait plus. A présent, j'ai une toute petite chance de retrouver une partie de ce que j'étais et tu me la retires sous prétexte de me protéger ! De quel droit ?

— Ce n'est pas du tout cela ! cria Seth en sautant à son tour du véhicule. Et voilà exactement la raison pour laquelle je pense que tu as tort. Cette intervention n'est pas seulement expérimentale et dangereuse. Elle serait une erreur.

— Tu sais mieux que moi ce qui est bon ou mauvais pour moi ?

Seth l'attrapa par les épaules.

— Te rends-tu compte de ce que tu dis ? Crois-tu vraiment que tu as perdu tout ce que tu es dans cette chute ?

— Laisse-moi !

Refusant d'obtempérer, il resserra son emprise. Elle était furieuse ? Lui aussi ! Et la colère qu'il avait ressentie en lisant cette lettre de rupture neuf ans plus tôt remontait à la surface et le submergeait complètement.

— Tu as failli mourir, lui lança-t-il rudement. Mais tu as survécu. Les médecins t'avaient condamnée à finir ta vie sur un fauteuil roulant et tu marches. En fait, tu t'en es bien mieux tirée que quiconque ne pouvait l'espérer.

— Tu n'as pas le droit de dire cela !

— J'ai tous les droits ! rétorqua-t-il, hors de lui. Et cette fois-ci, tu vas m'écouter ! Pendant neuf ans, ta mère s'est rongé les sangs à ton sujet. Mais tu t'en moquais ! Tu préférais dorloter ton ego, ton orgueil, plutôt que de penser à elle qui, à des milliers de kilomètres de toi, se demandait avec angoisse si tu allais bien.

— Cela la regarde, nous regarde, elle et moi. Cela n'a rien à voir avec toi !

— Tout me concerne. Tu étais ma vie, mes rêves, mon avenir, et puis tu as eu cet accident et soudain, plus rien n'avait d'importance pour toi. Que toi !

Wendy secoua la tête avant de répondre d'une voix tremblante de rage.

— Ce n'est pas vrai.

— Tu n'as rien perdu. C'est nous, ceux qui t'aimaient, qui avons tout perdu.

— Tu racontes n'importe quoi !

— Maintenant, j'en ai assez, poursuivit-il, et je me lave les mains de toute cette histoire. Pommier est d'accord pour te rencontrer ce soir aux Chênes Jumeaux, vers 19 heures. Cela me donnera le temps de lui parler et de quitter les lieux avant ton arrivée. Parce que je ne veux plus te voir, tu entends ? Plus jamais ! Tout est fini entre nous.

Wendy recula comme s'il l'avait frappée. Un sanglot monta de sa gorge tandis qu'il se hissait dans son camion et démarrait.

— Seth, murmura-t-elle. Seth…

A grands gestes nerveux, il manœuvra pour s'engager sur la route. Elle le regarda s'éloigner jusqu'à qu'elle ne voie plus que les lumières rouges accrochées à l'arrière du véhicule.

Puis celles-ci, à leur tour, devinrent de plus en plus petites avant de disparaître dans le lointain.

14.

Levant les yeux de son journal, Howard Monroe lança à sa femme d'un ton accusateur :

— Wendy n'est pas encore rentrée ! Je commence à m'inquiéter !

Il était contrarié mais Gina ignorait si c'était parce que Wendy avait passé la nuit ailleurs ou parce qu'elle ressortait avec Seth. Les deux, probablement. Savoir sa fille avec un homme n'est jamais facile pour un père.

— Elle ne devrait pas tarder. Elle a téléphoné pour prévenir qu'elle reviendrait ce soir pour dîner.

— Et tu trouves ça normal ? Je ne te comprends pas ! Ta fille découche et tu t'en moques ! Que vont penser les gens ?

— Ils penseront que Wendy est assez grande pour mener sa vie comme elle l'entend.

— Wendy est vulnérable et ce Seth en profite ! Elle va enfin rencontrer Pommier. Ce n'est pas le moment pour elle de s'amouracher de nouveau de ce garçon !

— Ce n'est pas un garçon mais un homme et Wendy est une femme, à présent. S'ils ont envie de « s'amouracher » l'un de l'autre, comme tu dis, c'est leur affaire.

— Ils n'ont rien à faire ensemble et l'important pour Wendy est son rendez-vous avec ce chirurgien ! Son avenir est en jeu !

— Cette opération me terrifie, Howard.

— Je le sais et moi aussi, je me fais du souci mais Wendy la souhaite et nous devons la soutenir dans cette entreprise.

— Bien sûr, nous serons toujours à ses côtés. Mais cette intervention…

— La technique que Pommier a mise au point permet de faire des miracles.

— Wendy a failli mourir et rester paralysée, répliqua Gina d'une voix tremblante. Or, elle est vivante et elle marche. Deux miracles dans une vie, c'est beaucoup. Pourquoi chercher à forcer le destin ? Mais notre fille vit pour un passé révolu, voilà le problème. Il lui faut se tourner vers l'avenir et pour cela, apprendre à s'accepter telle qu'elle est.

— Tu as raison, elle a eu beaucoup de chance. Mais si elle veut redevenir une championne…

— Le veut-elle réellement ? J'ai l'impression que Wendy nous cache quelque chose.

— A nous ?

— A tout le monde, y compris à elle-même. Peut-être se sert-elle de cette opération comme d'une excuse pour se fuir elle-même.

— A mon avis, tu ne comprends pas l'importance d'avoir un but et d'y avoir consacré son existence.

— Parles-tu de Wendy ou de toi ?

— Tu n'es pas juste ! Tu sais à quel point j'aime notre fille.

— Bien sûr, tu l'aimes mais tu projettes tant sur elle tes propres souhaits, tes propres rêves, que tu ne la vois plus comme elle est. Howard, je te le dis, elle refuse de regarder la réalité en face et elle croit que si elle se fait réopérer…

— Il n'y a pas de « si », intervint Wendy en pénétrant dans le salon. Je vais me faire réopérer. En tout cas, je vais pouvoir en discuter avec le Dr Pommier.

La jeune femme inspira profondément. Voilà plus d'une heure qu'elle roulait au hasard pour retrouver la maîtrise d'elle-même et un visage présentable avant de rentrer. Elle s'était efforcée de penser à son entrevue avec Rod Pommier, à ce qu'elle lui dirait. Et d'oublier Seth et son arrogance. De quel droit décrétait-il ce qui était mieux pour elle ?

— Il est d'accord pour me rencontrer aux Chênes Jumeaux dans une demi-heure, ajouta-t-elle.

Le regard de son père brilla d'excitation.

— Quelle merveilleuse nouvelle ! Je ne savais même pas qu'il était revenu. L'as-tu vu hier soir ?

— Non, Seth le connaît et m'a arrangé cet entretien. Il restaure le chalet de Pommier.

— Bien, dit Howard froidement. Je le remercierai d'avoir organisé ce rendez-vous. Nous t'accompagnons ?

Hochant la tête, Wendy se tourna vers sa mère.

— Tu viens aussi, maman ?

Gina avait envie de refuser, elle ne voulait pas être mêlée à cette histoire. Mais les yeux de sa fille étaient teintés d'un espoir enfantin.

— Bien sûr, si tu le souhaites, dit-elle.

Sautant sur ses pieds, Howard alla chercher le dossier médical et Gina en profita pour demander à Wendy :

— Ça va ?

— Je me sens un peu nerveuse, reconnut-elle. Mais ça ira.

Gina devina qu'elle ne lui disait pas toute la vérité. La veille, lorsque Wendy lui avait téléphoné pour prévenir qu'elle était chez Seth et ne rentrait pas, elle irradiait de joie. A présent, elle avait les yeux rouges et les traits tirés.

— Quelle chance que Seth connaisse ce Pommier ! reprit-elle.

— Oui, oui.

— Seth n'était pourtant pas très enthousiaste à l'idée de cette intervention. A-t-il changé d'avis ?

— Son avis n'entre pas en ligne de compte.

— Et toi, es-tu certaine que c'est ce que tu veux ?

— Je suis revenue ici pour cela, maman.

Ce n'était pas une réponse mais, à l'expression résolue de sa fille, Gina comprit qu'elle n'en obtiendrait pas d'autre.

Un verre de brandy à la main, Rod Pommier regardait Seth arpenter le petit salon comme un lion en cage.

— Je lui avais dit d'être là à 19 heures, grommela Seth en consultant sa montre.

— Elle a donc encore deux minutes pour être à l'heure.

— Vous me prenez sans doute pour un imbécile, hein ?

Le médecin sourit.

— Qui doit répondre ? Rod Pommier ou Tante Augusta ?

— Vous êtes peut-être le roi du bistouri, Doc, mais, sans vouloir vous vexer, pour gérer les problèmes de cœur des autres, vous êtes nul.

— J'ai deviné que vous éprouviez toujours quelque chose pour cette Wendy Monroe, c'est tout !

— Eh bien, justement, vous vous êtes trompé !

— Toute la ville raconte pourtant que vous vous êtes remis ensemble.

— Ne me dites pas que vous êtes allé chez Philo acheter une tablette de chocolat et qu'il vous a rapporté les rumeurs du coin ! s'écria Seth d'un ton exaspéré.

— Il s'agissait d'un sachet de chips…

— Quoi qu'il en soit, Wendy et moi avons rompu et définitivement cette fois. Nous avons eu une scène épouvantable cet après-midi.

— Et pourtant, vous souhaitez toujours que je la rencontre ?

— C'est son vœu le plus cher. Et pour moi, ce sera une sorte de cadeau d'adieu.

— J'espère que Mlle Monroe a bien compris que j'acceptais de la voir, de lui parler, mais que cela n'implique aucun engagement de ma part.

168

— Elle le sait. Par contre, je préférerais ne pas être là pendant votre entrevue. Nous sommes convenus, elle et moi, que je partirai lorsqu'elle arrivera.

— Vous auriez dû me consulter à ce sujet, répliqua Pommier. Ecoutez, je ne veux pas compliquer la situation mais je ne connais pas cette jeune femme, contrairement à vous, et vous avez émis des réflexions sensées sur les raisons qui la poussent à envisager cette intervention.

Seth eut l'air abasourdi.

— Mais vous m'avez vous-même fait remarquer que Wendy devait décider seule de ses choix et que je n'avais pas à m'en mêler !

— C'est vrai. Mais juger si un patient est ou non opérable ne relève pas seulement de son dossier médical.

— Vous voulez en apprendre davantage sur Wendy en nous regardant nous disputer ?

— Oui. J'ai l'intuition que les sentiments de Mlle Monroe à propos de cette opération sont étroitement associés à vous.

— Je ne le crois pas. Elle…

— La voilà, l'interrompit Rod en se levant.

Accompagnée de ses parents, Wendy entrait dans le petit salon. Elle souriait mais fronça les sourcils à la vue de Seth.

— Que fais-tu là ?

— Je lui ai demandé de rester, expliqua Rod avec douceur.

Il lui tendit la main.

— Bonjour, mademoiselle. Je suis Rod Pommier.

Après les présentations d'usage, Pommier les conduisit à l'étage. Sa chambre était une des plus vastes de l'hôtel et bénéficiait d'un petit coin salon autour de la cheminée.

Ils s'assirent tous, sauf Seth qui resta appuyé contre le mur, observant la scène à contrecœur. Sidéré, il regardait la métamorphose de Rod qui avait perdu son sens de l'humour pour endosser son rôle de chirurgien de renommée mondiale.

Tournant le dos à Seth, Wendy raconta l'accident et les multiples interventions chirurgicales qu'elle avait subies. Elle en parlait avec un détachement qui força l'admiration de Seth.

Il essaya de ne pas écouter. Lui ne se sentait pas détaché du tout. La terrible litanie de ce que Wendy avait enduré le ramena aux semaines qui avaient suivi l'accident, lorsqu'il était devenu presque fou à imaginer ses souffrances.

Pommier demanda à Howard le dossier médical. Pendant qu'il en prenait connaissance, on aurait entendu une mouche voler. Enfin, il leva les yeux.

— Mademoiselle Monroe, dit-il lentement. J'ai décidé de ne plus accepter de nouveaux patients, vous êtes certainement au courant.

— Oui, mais j'espère vous faire changer d'avis.

— Pourquoi souhaitez-vous cette intervention ? poursuivit-il en souriant. Au mieux, il faudra compter une très longue période de convalescence.

— Je sais, mais…

— Ma fille était championne de ski, docteur, expliqua Howard. Elle veut skier de nouveau.

— Elle a skié de nouveau, intervint Seth.

Toutes les têtes se tournèrent vers lui. Wendy avait l'air en colère, ses parents surpris. Pommier garda une expression neutre. Seth se sentit rougir. Il s'était promis de ne souffler mot pendant l'entretien.

— Aujourd'hui, à Jiminy, précisa-t-il.

— Wendy ? s'enquit Howard en levant les sourcils.

— J'ai descendu une piste pour débutants, dit-elle avec impatience. C'est tout.

— Elle était de difficulté moyenne, répliqua Seth froidement. Wendy est donc parfaitement capable de skier.

— Descendre une piste facile n'est pas skier, rétorqua Howard en tournant le dos à Seth. Wendy désire participer à des compétitions. Grâce à votre procédé, elle le pourra, n'est-ce pas, docteur ?

170

— Si l'intervention se passe bien, elle en a de fortes chances. Mais dans le cas contraire, elle peut aussi se retrouver pour le restant de ses jours clouée sur un fauteuil roulant.

Howard blêmit.

— Vraiment ?

Sans lui répondre, Pommier se tourna vers Wendy.

— Vous devez mesurer les risques inhérents à cette chirurgie avant de vous y soumettre, mademoiselle.

— Vous acceptez donc de l'opérer ? demanda Howard d'une voix excitée.

Pommier ne s'adressait qu'à Wendy.

— D'un point de vue purement technique, votre cas correspond effectivement à ceux dont je m'occupe. Mais la situation de mes autres patients est très différente de la vôtre, j'aimerais que vous en ayez bien conscience. La plupart souffrent le martyre, d'autres sont paralysés. Alors ils n'ont rien à perdre à subir cette intervention. Mais vous, vous marchez… Dans ces conditions, avez-vous vraiment envie de risquer le tout pour le tout ?

— Je boite, remarqua-t-elle dans un murmure.

— Vous avez bien dit qu'en cas d'échec, elle pourrait se retrouver à vie sur un fauteuil roulant ? balbutia Howard.

— Exactement.

— Mais vous allez réussir. Pourquoi en douter ?

— Si je n'échouais jamais, monsieur, je serais Dieu le Père et malheureusement, je ne peux pas le prétendre.

— Avez-vous une idée des chances de réussite ?

— Je dirais 50-50.

— Et elle peut rester paralysée ? répéta Howard en prenant la main de Wendy.

— J'en ai bien peur.

— Mais elle peut aussi être capable de concourir de nouveau ?

— Et des extraterrestres ont construit les pyramides, intervint Seth avec colère.

— Ne te mêle pas de cela, Seth ! s'exclama Wendy.

— Tu as raison, cela ne me regarde pas.

Après un instant de silence, Howard se tourna vers Wendy.

— As-tu d'autres questions à poser au docteur ?

Elle secoua négativement la tête.

— Veux-tu, à présent, rentrer à la maison pour en discuter ?

— Howard ! intervint Gina. Es-tu fou ? N'as-tu pas entendu ce que le médecin vient d'expliquer ? Les gens qui viennent le voir sont désespérés. Sans son intervention, ils vivraient paralysés ou dans d'horribles souffrances. Ce n'est pas le cas de Wendy !

— Vous avez envie de la ramener chez vous pour vous employer par tous les moyens à la convaincre de se faire opérer ! rugit Seth.

Il savait qu'il dépassait les bornes, que la décision des Monroe ne le concernait pas parce qu'il ne faisait plus partie de la vie de Wendy. Mais il l'aimait encore, il l'aimerait toujours et il n'allait pas se taire, pas cette fois-ci !

— Seth ! s'écria Wendy en se levant. Tu n'as rien à dire à ce sujet.

— Il y a dix ans non plus, quand ton père te mettait une telle pression que tu ne touchais plus terre, je n'avais rien à dire ! On a vu le résultat !

Hébété, Howard le regarda.

— Je n'ai jamais...

Les yeux étincelant de fureur, Seth le coupa brutalement.

— Vous la faisiez travailler du matin au soir ! Elle était tout le temps à l'entraînement sur les pistes !

— Seth, l'interrompit Wendy d'une voix cinglante. Tais-toi !

— Non, je ne me tairai pas ! J'étais un gosse, à l'époque, trop jeune et trop effrayé à l'idée de te perdre pour oser dire ses quatre vérités à ton père. Mais plus maintenant !

Avec colère, il se tourna vers Howard.

— Vous savez pourquoi Wendy a eu cet accident en Norvège ?

— Seth, Seth, je t'en prie !

Mais rien ne pouvait l'arrêter à présent.

— Elle était épuisée, elle ne tenait plus debout ! Mais vous ne le remarquiez même pas ! Vous étiez trop obnubilé par cette médaille !

Howard devint livide.

— Wendy ? Je n'ai pas… Je voulais seulement t'aider.

— Je le sais, papa. Crois-moi, l'accident n'a rien à voir avec…

— Vous avez tiré sur la corde jusqu'à ce qu'elle se rompe !

— Tais-toi ! répéta Wendy en se dressant entre son père et Seth. Tu n'as pas le droit de lancer de telles accusations ! Tu ignores tout des raisons qui m'ont fait tomber !

— Tu n'en pouvais plus ! Tu étais éreintée ! Cette pression permanente te rendait malade, tu as vomi la nuit qui a précédé ton départ. En vérité, tu étais exsangue !

— J'étais enceinte !

Le cri de Wendy jaillit dans la pièce. Gina et Howard blêmirent, pétrifiés. Et, comme dans ses pires cauchemars, Wendy vit le visage de Seth se décomposer sous le choc et la douleur.

— J'étais enceinte, répéta-t-elle dans un murmure. Voilà pourquoi j'étais fatiguée et nauséeuse, Seth. Je ne le savais pas mais je portais notre enfant. Je suis désolée. Je suis tellement…

Sa voix se brisa et elle explosa en sanglots, la tête entre ses mains.

Bouleversé, Seth aurait voulu la serrer contre lui, la réconforter, mais il ne pouvait penser qu'à ce bébé – leur bébé. L'ambition de Wendy avait tout pulvérisé : son amour et la famille qu'il avait rêvé de construire avec elle.

Gina fut la première à recouvrer ses esprits.

— Ma pauvre chérie ! s'exclama-t-elle.

Elle voulut la prendre dans ses bras mais Wendy l'écarta et quitta la chambre en courant.

15.

Un long moment, le petit groupe resta pétrifié. Puis Howard et Gina s'élancèrent à la poursuite de leur fille.

Les jambes flageolantes, Seth ne s'en sentit pas la force.

Rod lui désigna un fauteuil près de lui.

— Asseyez-vous, mon vieux, et prenez un verre de brandy, cela vous fera du bien. Je garde toujours sous la main les remèdes qui ont fait leurs preuves.

— Merci, mais je suis incapable d'avaler quoi que ce soit. Mon Dieu ! Et moi qui ne me doutais de rien ! A plusieurs reprises, dans le passé, nous avions évoqué la possibilité d'avoir des enfants mais comment aurais-je pu imaginer…

— La vie est parfois d'une violente injustice.

Incapable de rester en place, Seth se leva et marcha jusqu'à la fenêtre.

— Pourquoi ne m'a-t-elle rien dit à l'époque ? J'ai sauté dans le premier avion pour l'Europe. Elle n'a même pas voulu me voir, elle m'a fait parvenir une lettre de rupture…

— Les traumatismes bouleversent autant l'esprit que le corps. Cet accident a été une tragédie sur toute la ligne pour Wendy.

— Mais pourquoi ne m'en avoir rien dit ? répéta Seth.

— Il faudra le lui demander, je ne peux que spéculer. Sans doute avait-elle peur de votre réaction. Vous étiez opposé à son départ pour la Norvège, peut-être a-t-elle pensé que vous lui reprocheriez d'avoir perdu le bébé.

— Je n'aurais jamais fait cela ! Tout était la faute de Howard.

Rod hésita.

— Ce ne sont pas mes affaires, Seth, mais n'exagérez-vous pas un peu ? Je ne connais pas tous les détails, c'est vrai, mais d'après ce que j'ai entendu ce soir, il voulait seulement l'aider à vivre à fond sa passion.

— Vous plaisantez ! Il la mettait en permanence sous pression, la traînait de compétition en compétition...

— Wendy n'aimait pas skier ? Participer à des championnats lui déplaisait ?

— Je n'ai pas dit cela. Elle adorait ce sport. Et se battre pour emporter la première place l'excitait. Mais... A votre avis, j'ai tort de penser qu'il se servait de sa fille pour gagner par procuration cette médaille ?

— Quel que soit le problème entre Wendy et son père, cela n'a rien à voir avec les raisons de son accident.

De nouveau, Seth regarda par la fenêtre.

— C'est vrai. Je suis l'unique responsable. Elle portait notre enfant, cela la rendait faible et malade...

— Ce n'est la faute de personne, Seth. Elle ignorait sa grossesse. Vous et Howard aussi. En réalité, Wendy était une excellente skieuse qui a fait une très mauvaise chute, c'est tout.

— Elle avait besoin de moi et je l'ai laissée m'écarter sans chercher à comprendre ce qui se passait. J'étais furieux contre Howard qui me la prenait, qu'elle aille aux jeux Olympiques. En vérité, j'étais jaloux de son amour pour le ski et la compétition !

— Ne soyez pas trop dur envers vous-même. Vous n'aviez que dix-neuf ans à l'époque...

— Je me suis conduit comme un imbécile mais je ne vais pas refaire deux fois la même erreur.

D'un pas décidé, Seth se dirigea vers la porte mais, au moment de l'ouvrir, il fit brusquement volte-face.

— Vous avez raté votre vocation, Rod. Vous êtes sûrement un éminent chirurgien mais, dans le domaine sentimental, je ne connais pas de meilleure conseillère que Tante Augusta.

Sans perdre de temps, Seth dévala l'escalier et, sautant dans son camion, il démarra sur les chapeaux de roues. Neuf années perdues, Wendy se reprochant ce qui n'était la faute de personne…. Ils auraient dû être ensemble, se soutenir, pensait-il en se rendant chez les Monroe.

Howard et Gina le guettaient à la fenêtre.

— Seth ! s'exclama Gina. Nous n'étions au courant de rien. Wendy a certainement demandé aux médecins de nous cacher cette grossesse avortée.

— Où est-elle ?

— Elle est partie, répondit Howard en enlaçant sa femme. Elle a pris la voiture de Gina et s'en est allée.

Il était blanc comme un linge.

— A-t-elle dit quelque chose ? reprit Seth.

— Seulement qu'elle avait besoin d'être seule pour réfléchir.

Elle était dans la montagne Sawtooth, Seth le sut d'instinct.

— Je vais la retrouver.

Il tournait déjà les talons quand, se ravisant, il regarda Howard en face.

— Monsieur, dit-il, je crois que je vous dois des excuses.

— Non, répliqua Howard. Vous aviez raison, Seth. Je n'en étais pas conscient mais peut-être… peut-être ai-je essayé de vivre mes rêves à travers ma fille… Mais comme le ski, les compétitions, lui plaisaient, je pensais…

— C'est vrai, elle adorait skier. Tous les deux, nous aimons Wendy et avons voulu son bonheur. Nous aurions sans doute dû nous interroger sur ce qu'elle désirait, elle. En tout cas, je suis certain de deux choses, monsieur. Personne n'est responsable de sa chute et si j'avais été au courant de sa grossesse, je serais venu vous demander sa main parce que je l'aime plus que tout.

— Retrouvez-la, Seth. Dites-lui que j'ai eu tort sur toute la ligne et en particulier sur vous.

Les deux hommes échangèrent un profond regard de compréhension. Quand Howard lui tendit la main, Seth la prit en souriant. Puis il embrassa Gina et partit à la recherche de Wendy.

La trouver fut facile.

Il avait eu une bonne intuition et remarqua immédiatement la voiture de Gina garée sur le bas-côté de la route qui grimpait dans la montagne. Dans la neige, il repéra des traces de pas se dirigeant vers une forêt d'érables et il suivit cette piste.

Dix minutes plus tard, il aperçut Wendy dans une petite clairière qui surplombait la vallée. Elle lui tournait le dos. Tête basse, les mains dans les poches de son anorak, elle restait debout sans bouger et il pensa à sa solitude, à la solitude dont elle avait souffert tant d'années.

Il sentit son cœur se briser.

Il voulut aller vers elle pour la prendre dans ses bras, la réconforter, lui dire à quel point il l'aimait mais la fragilité qui émanait d'elle lui fit peur. Doucement, il l'appela. Et attendit. Lorsque, enfin, elle se tourna vers lui, ses yeux étaient sombres et secs, son visage pâle.

— Seth, je suis profondément désolée… Pardonne-moi.

— Tu n'as rien à te faire pardonner, ma chérie. J'aurais dû être avec toi, ne pas te laisser porter ce fardeau toute seule.

— J'ignorais que j'attendais un bébé.

Les larmes roulèrent sur ses joues.

— Si je l'avais su, jamais je n'aurais… Aucune médaille au monde ne vaut la vie d'un enfant, Seth. Il faut que tu me croies.

— Mon amour, dit-il en s'approchant d'elle, les yeux rivés aux siens. Tu n'as pas besoin de te justifier. Je n'ai jamais pensé que…

— Je n'avais pas eu mes règles depuis un mois, mais ce n'était pas inhabituel. Cela se produit parfois quand les femmes suivent un entraînement sportif très dur. Mes nausées ne m'ont pas inquiétée non plus. J'en avais déjà eu auparavant sous l'effet du stress. Il m'est souvent arrivé dans le passé de vomir avant une course. La nervosité…

Incapable de continuer, elle éclata en sanglots. Seth la prit dans ses bras. Il la sentit toute raide et froide.

— Wendy, mon amour, je t'en prie, écoute-moi.

Il lui souleva le menton pour l'obliger à le regarder dans les yeux.

— Si seulement tu me l'avais dit à l'époque, si j'avais été moins aveugle, si je m'en étais douté…

— Oh, mon Dieu ! Et je t'ai écrit cette horrible lettre. Je n'osais pas t'avouer la vérité. J'imaginais que tu me détesterais.

— Te détester ? Jamais je ne pourrais te détester ! Tu es ma vie, mon cœur, mon unique amour. Mais quand tu as refusé de me voir, j'ai cru que tu ne m'avais jamais aimé.

— Je t'ai toujours aimé et j'ai toujours rêvé de partager mon existence avec toi, Seth, murmura-t-elle. Depuis le premier instant, depuis notre toute première rencontre.

Emu, Seth l'embrassa et la serra contre son cœur.

— Après la première opération, les médecins m'ont appris que je ne pourrais plus jamais skier. Je suis restée allongée à penser à ce que cela signifiait.

— Aucune chance de décrocher une place sur le podium aux jeux Olympiques, je comprends ce que cela voulait dire pour toi… J'ai toujours souhaité que tu gagnes, chérie, mais peut-être étais-je un peu jaloux… Je craignais qu'une fois cette médaille en poche, tu n'aies peut-être plus envie de rester à Cooper's Corner pour vivre avec moi comme nous l'avions projeté.

Wendy secoua la tête.

— Tu ne m'as pas laissé finir. Je me suis dit : d'accord, je ne skierai plus jamais mais je suis en vie. Puis ils m'ont annoncé que je ne marcherais plus. Je ne pouvais y croire. Ma mère me répétait sans cesse que j'étais vivante, que rien d'autre n'importait et j'ai essayé de toutes mes forces de m'en persuader. Et enfin, ils m'ont expliqué que j'étais enceinte au moment de l'accident et que j'avais perdu le bébé. Oh, Seth ! J'ai compris alors ce qui comptait le plus pour moi ! J'aurais voulu mourir !

Seth l'étreignit plus fort. Il se souvint de son voyage pour la Norvège. Il avait eu si peur qu'elle ne survive pas à ses blessures.

— Aux yeux de tout le monde, c'était un miracle que je m'en sois tirée mais quand je me regardais dans le miroir, je voyais une femme qui avait tout perdu. Toi, notre bébé et moi, moi, telle que je me connaissais. Et des trois, je ne pouvais retrouver que la dernière.

Elle eut un rire triste.

— Alors je me suis fait la promesse que je remarcherais mais chaque matin, quand je me réveillais, je me sentais un peu plus vide que la veille.

— Wendy, je t'en prie, tu n'as pas besoin de te justifier.

— Je le dois, Seth. J'aurais dû le faire il y a longtemps.

Avec un soupir, il lui caressa les cheveux.

— Un jour, dit-elle à voix basse, j'ai pensé que la vraie Wendy n'existait que sur les pistes et que si je parvenais à skier de nouveau, j'aurais une raison de me lever. Et comme un signe du destin, je suis tombée sur un article sur le Dr Pommier.

— Je t'aime, Wendy. Et je serai à tes côtés. Tu veux cette opération ? Je te soutiendrai et qu'elle réussisse ou pas, je ne t'abandonnerai pas. Dis-moi seulement que tu m'aimes.

— Tu es mon cœur, Seth, mon âme. Je t'aimerai toujours.

— Wendy, veux-tu m'épouser ?

Malgré ses larmes, elle se mit à rire.

— Je pensais que tu ne me le demanderais jamais !

Ils s'embrassèrent et restèrent enlacés l'un contre l'autre un long moment. Puis, la main dans la main, ils retournèrent vers leurs voitures.

— Je vais annoncer notre futur mariage à tes parents, déclara Seth. Mais nous devons d'abord nous arrêter aux Chênes Jumeaux.

— Oui, acquiesça-t-elle. Il faut expliquer au Dr Pommier que j'ai finalement renoncé à cette intervention.

— Mon cœur, ne te sens pas obligée de renoncer pour moi. Quoi que tu décides, je…

— Exactement, dit-elle en souriant. Et je n'ai pas besoin de participer à des compétitions pour être heureuse. Je n'ai envie que de toi et de la vie que nous partagerons ensemble.

— Et des enfants que nous aurons…

— Et des histoires que je leur raconterai. Ou que j'écrirai ! Tu crois vraiment que j'en suis capable ?

— Je le sais !

Attrapant Seth par le col, Wendy colla sa bouche à la sienne.

— Alors je n'ai plus qu'une faveur à te demander.

— Tu peux tout me demander. Tu veux la lune, les étoiles ? Un chalet en haut de la montagne ? Je te les donnerai !

— Le plus doué des charpentiers m'a déjà offert la maison de mes rêves bâtie au milieu du ciel, dit-elle en l'embrassant. Mais en plus de tout cela, accepterais-tu de m'emmener skier demain ?

La gorge serrée par trop d'émotions, Seth ne parvenait plus à parler. Alors il étreignit Wendy et l'embrassa de toutes ses forces.

Le ciel était clair ; la lune et les étoiles brillaient dans le noir lorsqu'ils revinrent aux Chênes Jumeaux. Bras dessus, bras dessous, ils entrèrent dans le salon. Le feu crépitait dans la cheminée. Rod Pommier était assis devant l'âtre. Quand il les aperçut, il se leva.

— Docteur, dit Wendy, je suis désolée d'être partie comme cela.

— Inutile de vous excuser, mademoiselle.

— Appelez-moi Wendy, je vous en prie. J'aimerais vous exprimer toute ma gratitude, docteur.

— Rod.

— Mais j'ai finalement décidé de ne pas tenter cette opération.

A la vue du sourire qui illuminait les visages de Wendy et de Seth, Rod souleva son verre.

— Si je comprends bien, il ne me reste plus qu'à vous féliciter !

— C'est surtout Tante Augusta qu'il faut remercier, remarqua Seth.

— Tante Augusta ? demanda Wendy, perplexe. Qui est-ce ?

Les deux hommes se mirent à rire.

— Une amie commune qu'il ne faudra pas oublier d'inviter à la noce, répondit Seth en l'embrassant.

— De qui parlez-vous ? s'enquit Clint qui entrait.

— En tout cas, sans elle, sans vous et les jumelles, Wendy et moi ne serions pas fiancés.

Le visage de Clint s'épanouit de joie.

— Formidable !

Il serra la main de Seth, embrassa Wendy.

— Félicitations à vous deux !

Les bras chargés de bûches, Maureen arrivait à son tour.

— Tu veux entendre une grande nouvelle, sœurette ? lui demanda Clint.

Maureen hésita. Elle-même avait des nouvelles mais qui étaient loin d'être bonnes. Elle revenait de la réserve à bois. C'était la première fois depuis son accident qu'elle y retournait et elle voulait y jeter un coup d'œil. S'approchant du toit à moitié démoli, elle avait examiné avec soin les poutres et les chevrons. Soudain, elle s'était sentie blêmir à la vue de marques sur certaines d'entre elles. Peut-être celles-ci étaient-elles l'œuvre de rongeurs.

Mais cette explication logique ne lui convenait pas. Maureen était un ancien officier de police de New York qui avait mis, l'année précédente, un dangereux criminel, Carl Nevil, en prison. Le frère de ce dernier, Owen, avait juré de le venger.

Avait-il retrouvé sa trace ? Lui — ou quelqu'un envoyé par lui — avait-il sciemment abîmé ces poutres afin que la construction s'effondre sur elle et la tue ?

Le cœur battant, Maureen avait couru jusqu'à la maison mais, avant d'entrer, elle s'était arrêtée pour reprendre son souffle et recouvrer ses esprits. Elle ne voulait sous aucun prétexte inquiéter les clients des Chênes Jumeaux.

Et à présent, le Dr Pommier, Clint, Seth Castleman et Wendy Monroe l'entouraient en riant. Pour ne pas gâcher leur joie, elle afficha sur son visage un sourire chaleureux. Elle révélerait plus tard à son frère ce qu'elle avait découvert.

— Quelle grande nouvelle ? s'enquit-elle. Dites-moi tout !

— Wendy et moi allons nous marier ! annonça Seth.

Et même Maureen oublia ses soucis en le regardant prendre Wendy dans ses bras pour l'embrasser.

Le nouveau visage de la collection Or

◆

AMOURS D'AUJOURD'HUI

Afin de mieux exprimer sa modernité et de vous séduire encore davantage, votre collection Or a changé de couverture et de nom depuis le 1er mars 1995.

Rassurez-vous, les romans, eux, ne changent pas, et vous pourrez retrouver dans la collection **Amours d'Aujourd'hui** tous vos auteurs préférés.

Comme chaque mois, en effet, vous y attendent des héros d'aujourd'hui, aux prises avec des passions fortes et des situations difficiles...

**COLLECTION
AMOURS D'AUJOURD'HUI :**
Quand l'amour guérit des blessures de la vie...

Chère lectrice,

Vous nous êtes fidèle depuis longtemps?
Vous venez de faire notre connaissance?

C'est pour votre plaisir que nous avons
imaginé un rendez-vous chaque mois
avec vos auteurs préférés, vos
AUTEURS VEDETTE dans les
collections Azur et Horizon.

Les AUTEURS VEDETTE vous
donneront rendez-vous pour de
nouveaux livres vedette.

Pour les reconnaître, cherchez
l'étoile… Elle vous guidera!

Éditions Harlequin

HARLEQUIN

LE FORUM DES LECTEURS ET LECTRICES

CHERS(ES) LECTEURS ET LECTRICES,

VOUS NOUS ETES FIDÈLES DEPUIS LONGTEMPS?

VOUS VENEZ DE FAIRE NOTRE CONNAISSANCE?

SI VOUS AVEZ DES COMMENTAIRES, DES CRITIQUES À
FORMULER, DES SUGGESTIONS À OFFRIR, N'HÉSITEZ
PAS… ÉCRIVEZ-NOUS À:
        LES ENTERPRISES HARLEQUIN LTÉE.
        498 RUE ODILE
        FABREVILLE, LAVAL, QUÉBEC.
        H7R 5X1

C'EST AVEC VOS PRÉCIEUX COMMENTAIRES QUE NOUS
ALLONS POUVOIR MIEUX VOUS SERVIR.

DE PLUS, SI VOUS DÉSIREZ RECEVOIR UNE OU
PLUSIEURS DE VOS SÉRIES HARLEQUIN PRÉFÉRÉE(S)
À VOTRE DOMICILE, NE TARDEZ PAS À CONTACTER LE
SERVICE D'ABONNEMENT; EN APPELANT AU
(514) 875-4444 (RÉGION DE MONTRÉAL) OU 1-800-667-4444
(EXTÉRIEUR DE MONTRÉAL) OU TÉLÉCOPIEUR
(514) 523-4444 OU COURRIER ELECTRONIQUE:
AQCOURRIER@ABONNEMENT.QC.CA OU EN ÉCRIVANT À:
        ABONNEMENT QUÉBEC
        525 RUE LOUIS-PASTEUR
        BOUCHERVILLE, QUÉBEC
        J4B 8E7

MERCI, À L'AVANCE, DE VOTRE COOPÉRATION.

BONNE LECTURE.

HARLEQUIN.

VOTRE PASSEPORT POUR LE MONDE DE L'AMOUR.

ROUGE PASSION

De fiévreuses histoires d'amour sensuelles!

De provocantes histoires d'amour passionnées et romantiques qu'on lit d'une seule traite. Aventureuses, parfois humoristiques, et sensuelles, elles mettent en vedette des hommes et des femmes d'aujourd'hui.

ROUGE PASSION... trois nouveaux titres chaque mois.

La COLLECTION AZUR

Offre une lecture rapide et

- ☑ *stimulante*
- ☑ *poignante*
- ☑ *exotique*
- ☑ *contemporaine*
- ☑ *romantique*
- ☑ *passionnée*
- ☑ *sensationnelle!*

COLLECTION AZUR...des histoires d'amour traditionnelles qui vous mènent au bout monde!
Cinq nouveaux titres chaque mois.

GEN-RP-R

HARLEQUIN

COLLECTION
ROUGE PASSION

- **Des héroïnes émancipées.**
- **Des héros qui savent aimer.**
- **Des situations modernes et réalistes.**
- **Des histoires d'amour sensuelles et provocantes.**

LAISSEZ-VOUS TENTER
par 3 titres irrésistibles
chaque mois.

69 L'ASTROLOGIE EN DIRECT
TOUT AU LONG
DE L'ANNÉE.

(France métropolitaine uniquement)
Par téléphone 08.92.68.41.01
0,34 € la minute (Serveur SCESI).

Composé et édité
PAR LES ÉDITIONS HARLEQUIN
Achevé d'imprimer en novembre 2003

BUSSIÈRE
GROUPE CPI

à Saint-Amand-Montrond (Cher)
Dépôt légal : décembre 2003
N° d'imprimeur : 36914 — N° d'éditeur : 10287

Imprimé en France